蒂娜与魔族天书①

徐 嘉 著

人物介绍

蒂娜：女，本书主人公，12 岁，龙马德兰魔法学院一年级学生

玛丽亚：女，蒂娜在学校的室友、朋友

子岚：女，蒂娜在学校的室友、朋友

乔治：男，蒂娜在学校的朋友

吉尔特：男，蒂娜在学校的同学

洛蒲：女，蒂娜在学校的同学

夏米特：女，蒂娜在学校的同学

拉文德：女，蒂娜在学校的同学

拉文特：女，拉文德的妹妹，蒂娜在学校的同学

千迪影：女，蒂娜在学校的同学

纳薇：女，蒂娜的母亲

古锡莱：男，蒂娜的父亲，曾经担任龙马德兰魔法学院副校长，族长助手

卢尔特：女，玛丽亚的母亲，蒂娜的养母

斯贝里：男，魔法族族长，龙马德兰魔法学院校长、魔咒课教授

维金：女，龙马德兰魔法学院变形课教授

拉本里：男，精神感能课教授

澜尔：男，实战演练课教授，训练场看守

唐克斯：女，幻影课教授

罗杰：女，医务课教授

尼古斯：男，飞行课教授

米纳斯：女，种族课教授

沃罗：男，神奇植物课教授

迪安：男，历史课教授

厄尔斯：男，神奇动物课教授

吉尔吉斯：男，龙马德兰魔法学院的管理员

曼妮：女，校医院院长

米吉阑：男，战士族族长

杰拉：男，幽灵族族长

阿不思：男，500 年前的魔法族族长

金戈：男，列车上卖食物的小贩，实际身世神秘

目 录

魔法族族长斯贝里从餐厅出发，快步向会议厅走去。幽灵族的信使已经告诉他了，今天，杰拉在会议厅等他。看着一路上成群的幽灵族黑魔法师来回转悠并低声默念少数的已知黑魔法咒语，斯贝里不禁怒火中烧。

杰拉已经到了。看到他的到来，杰拉乌黑的脸上浮现出一丝满意的笑容。"坐吧，"杰拉招呼道——尽管已经交往多次，斯贝里仍对这种冷冰冰、尖细的声音表示反感，"我们来谈谈。"

"只要你们不滥用黑魔法，今天在这里的会谈就根本没有必要。"斯贝里用魔剑扫扫椅子上的灰尘，不屑地坐下，尽量保持自己的尊严，但还是忍不住高声反驳，"今天我来的路上就看见了至少二十个黑魔法师，你们未免太过分了。"

"只要我们达成共识，评选出一个龙马德兰星球的总管理，我们就会收回黑魔法。如果是这样的话——你说得对，我们就没必要在这里会谈了。"他的声音变得更加冰冷、尖细，"最好是幽灵族统治。幽灵族的实力是最强的。"

"达成共识！枭龙星球已经和平了五百年，没必要让你们

领导而再次引发战争！”斯贝里把一直压在心底的怒火统统释放了出来，狂怒地吼叫，他的手死死地摁在桌子上，引得桌子一晃一晃，“只要你们停止滥用黑魔法，我们就没必要在这里大吵大叫！”

“是吗，斯贝里先生？”幽灵族族长杰拉消瘦发黑的脸上掠过一丝轻蔑，“我倒认为没有总管理是件不太好的事。就像这样，我们两族族长坐在这里大声叫唤，根本原因就是没有一个总管理来一锤定音。而且，”杰拉轻轻地笑了笑，“我敢打赌米吉阑也来找过你，不是吗？”

斯贝里狠狠地瞪着杰拉，没有说话，脸色很难看，像是吃了一剂特别苦的药。

“他来找过我，而且，和我的看法是一样的。”杰拉哼了一声，显得有点情绪激动，晃来晃去，椅子发出不祥的“咔嚓”声，“还有，斯贝里，预言中的那个孩子，就是……那个传说有三族魔力的孩子，到底有没有出现？”

“难道你真的天真地以为，我没有去寻找吗？”斯贝里此时已经是怒不可遏，“那个孩子，全球已经传得沸沸扬扬，你以为我觉得他不重要吗？所有族群的预言水晶球里——甚至无法族——都显示这个肩膀上有四族标志——五角星的孩子就是救世主！而他将要出现在魔法族，这当然是我们莫大的荣幸，可你们其他的族群也不能把矛头指向我们，说我们把他藏起来了！”

杰拉不屑地哼了一声，“好吧，斯贝里，我相信你的话。我会让黑魔法师暂时不出动。但是，你要记住，那个孩子出现的时候一定要通知我们。”

引　子

茉莉花沁人的清香充斥在整个房间。纳薇看着摇篮里那个熟睡的婴儿，桃红色的嘴唇轻轻地动着，发出咿咿呀呀的梦呓。她的睫毛长得惊人，以至于每一个见过她的人无不称赞她的美貌。但是，最令纳薇担心的是，在她的肩膀上有一个隐隐约约的图案。虽然不是很清晰，但纳薇可以确定那是一个很奇怪的胎记。联想起这几天三大族群的预言，水晶球的预言，那个神秘的五角星……

她知道这意味着什么。

虚弱的身体，使得纳薇在一个星期内不能动用魔法。她很想用魔法将那个胎记隐藏起来，却无能为力，只能眼睁睁地看着那个印记越来越清晰，越来越像一个五角星。她能感觉到女儿身上的魔力波动越来越大，很不平静，时上时下，有些时候会把自己推后好一段距离。这是种很奇怪的魔力，说是魔法，很像灵气，也很像斗气。更令纳薇不寒而栗的是，里面混杂着的一股能量很像是正在不断害人的黑魔法。

一想到黑魔法，纳薇的心一阵颤抖。她陷入了记忆的深渊，古锡莱的死……

那时的纳薇与古锡莱正在无法族的公园里散步，布莱紧跟在他们身边。突然，空中倒影下来了一片黑色的光影。“黑魔法师！”古锡莱怨恨地大叫一声，示意怀孕的她躲到后面去。很快，五六个披着黑袍的黑魔法师站在了古锡莱面前。“你是斯贝里的族长助手？”其中一个幽灵族的法师发出冰冷、刺耳的声音。“对，我就是。有什么事吗？”古锡莱镇定自若，纳薇却在一旁瑟瑟发抖。“好，有胆量。”那个黑魔法师脸上生动地狞笑着，“告诉我们，斯贝里下一步有什么计划？那个有五角星胎记的孩子有没有出现？”

“我不知道。”古锡莱冷冷地发出最后通牒，“你们休想对我吆三喝四。”

“嗯？不说？”黑魔法师似乎早就料到，迅速抽出法杖，“彻骨钻心！”

“无声无息！”古锡莱以迅雷不及掩耳之势抽出那把长长的、闪着寒光的魔剑，抵消了彻骨钻心咒，并念出了魔剑特有的咒语，“神锋无影！”

很不幸地，那位黑魔法师旁边的法师似乎有点反应迟钝，被一下击中，胸前冒出几朵血花。他哀号一声，发出令人毛骨悚然的尖叫。旁边的一个黑魔法师抽出法杖对准他怒骂一声，一道青光闪过，他立刻闭嘴，可仍在地上痛苦地挣扎。

“铭心索命！”一个在黑魔法师头领身后的法师不紧不慢地抽出法笔，突然大吼一声。古锡莱猝不及防，很快就要被铭心索命咒击中了。

“全部石化！”纳薇伸出魔杖。她觉得自己不能再这样袖手旁观了。那个黑魔法师似乎没预料到自己的出击或许直接可以说是没发现自己的存在，惊叫了一声。“武器脱手！”她疯狂地在各个黑魔法师的武器上方挥动着魔杖。效果并不显著，只有一个黑魔法师的法笔飞出好几米远。

“给你最后一秒钟决定，你到底说不说？”

“我不知道。”古锡莱的声音显得干涩、粗哑，可却又坚定有力。纳薇的心仿佛跌进了万丈深渊。

“好了，既然他不说，就别在这里玩游戏了。”那个领头的黑魔法师冷冷地说，“结果吧。”

几乎是同时，三个黑魔法师同时念出了刻骨钻心咒、万箭穿心咒和铭心索命咒。纳薇惊叫一声，挡住了一个咒语，古锡莱也挡住了一个，并想躲避铭心索命咒。可咒语还是冲着古锡莱无声地冲来……

他没有发出任何声音，在几秒钟内两眼突兀，很快又缓缓地倒在了一棵树下。

“万箭穿心！”一个黑魔法师对准纳薇大声一吼。她急忙伸出魔杖挡咒，可万箭穿心咒似乎击中了她的腹部。

一阵撕心裂肺的疼痛。可仅仅维持了几秒钟，痛感就消失了。

“黑魔法在将来她运用不当的时候，可能会结束她的生命……”想到这里，她颤颤巍巍地抽出魔杖……

十二岁的女孩蒂娜坐在玛丽亚家的一阶楼梯上，轻轻地摸着旁边的一株青绿色植物。正值夏季，眼前蜿蜒的卵石路上落下了许多干枯的花瓣，她出神地望着。这时，身后传来了叫喊："蒂娜，我们去吃生日晚宴吧。"紧接着，玛丽亚出现在家门后方。

她轻轻地应了一声，向屋中走去。今天她最好的朋友玛丽亚过生日，她本应由衷地为她高兴，可却无从开口，心里被乱七八糟的事情塞得满满的。

她的肩膀上为什么有一个五角星胎记？这是一直困扰蒂娜的一个问题。

紧接着走进屋里，她看见了——

餐桌下，摆了数不过来的礼物。玛丽亚欣喜地叫了一声，接着露出甜甜的笑容。她向蒂娜招了招手，示意她走过去。

"哇，"她大声念着一盒糖果包装盒上的铅字，"'能让人开心的精灵糖'，简直酷毙了！"

突然间，蒂娜肩上的五角星隐隐作痛，她忍住，没有叫出

声来。这是第二次了，在去年还有过一次。这次疼得要比上次厉害得多，一跳一跳的，她咬紧牙关。

“‘飞天滑板’！”玛丽亚又传来一声惊叫，在一旁摇头晃脑，“这简直是最棒的礼物！”这是蒂娜送给她的礼物，蒂娜有一笔父母留下的财产。“哦，蒂娜，我爱死你了！唉，只可惜我还不会飞行术。”

“呵呵，不用客气。”蒂娜勉强挤出一个微笑。她的肩头仍突突地疼。

“一面新的镜子！”

“魔药锅，真可惜，我还不会调制魔药。哦，要是我会调制魔药就好了！”

豆大的汗珠顺着蒂娜的面颊往下淌。

玛丽亚看出了她的异样，一边高声欢呼，一边向她靠近。“你怎么了？”她悄悄地问。蒂娜指了指肩膀，玛丽亚一副恍然大悟的样子，轻轻点了点头，“没事吧？”

“比上次更厉害了。”蒂娜小声嘀咕了一句，“没事，你先走吧，我能管好自己。”又是一阵疼痛，蒂娜几乎叫出声来。

疼痛中，蒂娜仿佛听到窗外有“噗”的爆破声。她悄悄地透过窗子往外看，她似乎看到了一个黑影，模糊不清地闪了一下。

“是什么？”她惊叫了一声，随后看到玛丽亚正在惊愕地注视着自己。

“你没事儿吧？”玛丽亚关切地问。

“嗯……我好像看到了一个黑影……”蒂娜支支吾吾，她的胎记仍火烧火燎地疼痛。

“别想它了。”

“嗯……”

正当这时，一个模糊不清的黑色身影从窗边一闪而过。就是它！蒂娜脑海中的一个声音大声喊道。当黑影冲出房间的一刹那，一个羊皮纸卷被扔到了地上。一阵银光闪过，又是“砰”的一声，这次是门自动打开的声响。

“好吧……我相信你说的话了……”半晌，玛丽亚哆嗦着发话了，目不转睛地盯着地上的羊皮纸卷。

“这种方式我可不太喜欢。”蒂娜嘟囔着，想从地上把纸卷捡起来。

“别动！”玛丽亚厉声尖叫，“说不定有黑魔法！”

“不可能。”卢尔特轻声说道，“是魔法学院录取书。”

蒂娜轻轻打开羊皮纸。

录取通知

亲爱的蒂娜、玛丽亚：

你们好！

魔法族协会决定让你们去“龙马德兰魔法学院”，请于接到信息后三天以内乘列车到达魅影路 99 号的龙马德兰魔法学院。

必需品：武器（魔杖、魔剑、魔笔均可）、飞行用具（飞天滑板）、调制魔药用具（魔药锅、清水器、点火器、刀）、一年级的全套书(《魔咒课课本》《幻影课课本》《精神感能课课本》《变形课课本》《医务课课本》《种族课课本》《神奇植物课课本》

《历史课课本》）以及服装。

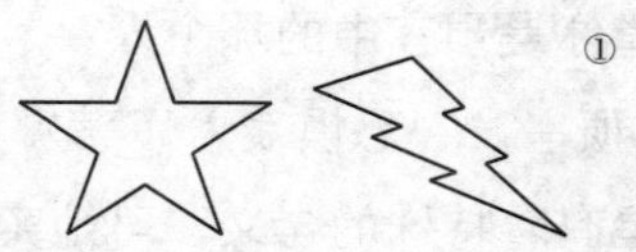
①

魔法族族长、龙马德兰学院校长　斯贝里

“天哪，”半晌，玛丽亚发话了，“这简直不可思议。”

“嗯，”蒂娜热情洋溢地说，她的五角星已经不疼了，“我们明天就去买书！”

“且慢！”卢尔特叫住了兴高采烈的蒂娜，“我有样东西要给你……”

月光洒进小小的寝室，蒂娜躺在床上，打着哈欠，很快进入了梦乡。

一条曲折蜿蜒的小路出现在前方，两边是高大的、不知道叫什么名字的大树。蒂娜禁不住沿着小路向前走去，前面似乎有一个黑影一闪而过。

蒂娜奔跑起来，很快追上了那个黑影。这是一个浮在空中的老人，银白色的胡须几乎要拖到地上。见蒂娜追了上来，他轻轻地笑笑，停了下来。

“你是谁？”蒂娜目不转睛地望着那长长的银白色胡须，觉得有点好笑。

---

① 五角星：星球标志；闪电符号：魔法族标志。补充：云形状是幽灵族标志，战士族的标志是太阳形状。

“阿不思。”老人轻轻地降落了下来，“你是蒂娜，对吧？你知道你是预言中的那个人？”

“预言？”恐惧袭入了蒂娜的心房，虽然她早就知道那个五角星有着特殊的含义，可她实在不敢想象自己竟是那个预言中的孩子，“是……那个五角星？”

“当然。好了，我不想再和你废话了，切入正题。”蒂娜可以看出阿不思是一个果断的老人，“今天我来……不，是今天我出现是为了提前教你一些学校不会传授的课程。”他咳嗽了一声，“黑魔法。就是那些幽灵族黑魔法师的魔法，你必须学会，虽说那是一些魔法协会禁止、很少有人知道的咒语——因为它们会威胁到一个人的生命安全。当然，”他意味深长地看了一下蒂娜的肩膀，“是因为你有超乎常人的天赋，你可以学习所有种族的课程。”

“哦，对了，我这个老糊涂。”突然，阿不思从口袋里费力地掏出一大摞书，“魔法族：《魔咒大全》《幻影术秘籍》《魔药大全》；幽灵族：《灵气修炼宝典》；战士族：《战技》，这些书是你自学的。这本，”说着，阿不思又拿出一本书，“《黑魔法秘密专辑》，这是我们学习的课程。黑魔法很难，需要我的帮助你才能领悟。”

“首先，拿好这些书，把它们放在左脚边，那里是你自己床头柜的抽屉。”阿不思指着蒂娜的左脚边，镇定地说，“很好。来，现在打开《黑魔法秘密专辑》的目录。第一章：万箭穿心，武器指在人体的哪个部位哪里就会遭到成千上万无影箭的攻击；第二章：刻骨钻心，我们常说的钻心咒；第三章：铭心索命，索命咒；第四章：速速夺魂，夺走一个人的灵魂并操

控他的身体。我猜，这只是黑魔法的一小部分……”他喃喃自语，又提高了音量，“当然，这些咒语都不是绝对成功。”阿不思面无表情，蒂娜却听得胆战心惊。

“今天的时间差不多了。”阿不思看了看手表，“该走了。下个星期日我再来找你。”蒂娜仍没缓过神来，呆呆地点了点头。

一道银光闪过，阿不思消失了。几乎是同时，蒂娜双眼模糊，陷入了黑暗，只能依稀感到肩膀火烧火燎地疼。今天的事情太多了，蒂娜简直不能相信这一切的发生。她调整好自己的心情，床头传出均匀的呼吸声。

“快收拾东西吧，昨天刚买的书……嘿！这是我妈昨天给你的魔剑？好像是你爸爸给你留下的？太帅了！”才凌晨五点钟，玛丽亚已经到屋里来找蒂娜了，此时正在上下打量她的魔剑，大呼小叫，“今天去学校的列车是9：00准时发车，我可不希望迟到！”玛丽亚轻轻一笑。

“好的……”蒂娜嘟囔着，坐了起来，玛丽亚知趣地走开了。蒂娜洗漱完毕后做的第一件事就是迫不及待地打开床头柜的抽屉。一摞书。正是昨天晚上的那些书。她抚摸着《魔咒大全》的黑色封皮，有着说不出的快意。

蒂娜笑笑，拿出一个紫色的书包，把昨天买的课本通通塞进书包。稍稍犹豫了一下，也把昨天晚上阿不思的书本放了进去。我今天上车要看看。蒂娜一边这么想着，一边把魔剑放在腿上，把上面的灰尘都轻轻擦干净。

走在去车站的路上，卢尔特一直默不作声。“车站：猫头鹰车站，好别致的名字！”玛丽亚一直在感叹，“不知道……

呃，这个龙马德兰魔法学院怎么样！”她气鼓鼓地抱怨道，“走这么多的路！你们还不想坐车……”

在玛丽亚的抱怨声中，车站到了。蒂娜欢呼了一声，把书包放在一个石头凳子上，呼哧呼哧地喘着粗气——因为包里装的书实在太重了。玛丽亚惊叫着抽出魔杖，因为她太担心魔杖会折断。卢尔特无奈地看着疯疯癫癫的女儿，抽出那张录取通知的羊皮纸。

“很快就要发车了。”卢尔特故意提高音量，因为她不得不让自己的声音高过人喧马嘶，“你们上车吧。嗯……那是猫头鹰车站！”她用手指了指前面一个画着猫头鹰的站牌。

“请前往龙马德兰魔法学院的乘客尽快上车！”扩音器里传出一个温柔、甜美的声音。玛丽亚急忙把魔杖塞回书包，蒂娜也慌张地把背包拿起来，极不情愿地背到肩上。

她们对卢尔特挥了挥手，登上了列车。

“我们真是来晚了。”玛丽亚气愤地吼着。蒂娜也不得不同意她的观点。因为这个车厢已经人头攒动，座无隙地。玛丽亚气愤地走来走去。

“我们去下一个车厢看看？”蒂娜小心翼翼地说道。玛丽亚气咻咻地哼了一声。

很不幸，她们连续走过了两个车厢，都没有看见一个空座。蒂娜简直要发狂了，因为她已经被又重又大的书包压得喘不过气来。玛丽亚也不太高兴，又往前走去。

“啊！”一声惊喜的欢呼传入了蒂娜的耳畔，“谢天谢地，这里有两个座位！”

蒂娜舒了一口气，把书包猛甩到座位上，她真后悔带了阿不思的那些书。玛丽亚坐下的第一件事就是从包里取出魔杖，以确定它没有被魔药锅压断。玛丽亚的身边坐着一个长发飘飘的女孩，正在聚精会神地看着《医务课课本》。看到蒂娜时，她的眼睛闪过一丝奇怪的东西。是恨。蒂娜微皱眉头，显然忽略了这种异样的目光。在蒂娜身边，坐着玛丽亚的邻居子岚。这时玛丽亚说她想出去透透气，蒂娜心花怒放，悄悄地从包里拿出了黑色的《魔咒大全》，开始小声地细心阅读。

“挡咒……，挡住咒语……解咒，解开咒语……无声无息，使对方不能出声……荧光闪烁,使魔杖发出光来……武器脱手，使对方手中的武器脱落并掉到地面……速速捆绑，使得敌人手脚都被捆绑起来……昏昏入睡，使对方进入睡眠状态……xx，迅速飞来，使得某个指定的东西迅速飞到自己眼前……全部石化,使对方僵硬不能动……障碍在前,使对方前方出现障碍……屏障重重，使自己前方出现一个保护罩……”

“嘟——”列车开动的嘟嘟声使得蒂娜不得不停止念这些稀奇的咒语，玛丽亚正在朝她的位子走来。蒂娜急忙抽出《魔咒课课本》，魔剑也不小心被抽了出来。她装模作样地看着。

很快，她发现课本上的咒语跟《魔咒大全》上的咒语比起来简直是太少了。这学期只有“挡咒”“解咒”“无声无息”“急急洞开”“荧光闪烁”“武器脱手”“速速捆绑”“晕头转向”这几个咒语，而它们在《魔咒大全》里全部归为“简单咒语”。蒂娜感到手痒痒的，迫切地想使用魔剑尝试这些魔咒，她从来没有这样想去干一件事。我必须镇定下来，她想。

“我想出去转转。”蒂娜在玛丽亚耳边小声耳语，站起来拍

拍身上几乎没有的灰尘。“好，不用我陪你吧？”玛丽亚关切地问。蒂娜摇摇头。

她正要整理书包转身走去，五角星的地方又一阵疼痛袭来，紧接着，一个女孩儿的声音突然在玛丽亚那边响起：“无声无息！”一道蓝光冲着蒂娜射过来。

是谁？蒂娜急忙取来魔剑，大吼一声：“挡咒！”魔剑顶上闪出一道土黄色的光，挡住了无声无息咒。

她镇定下来，回头望去，只见玛丽亚身边的那个女孩举着魔杖，一副不敢相信的样子，但很快又恶狠狠地快速地念出咒语：“晕头转向！”

很可惜，魔杖上并没有任何反应，看来这个咒语她还没有练成。蒂娜不禁莫名地欢欣鼓舞，忍不住用魔剑一指——虽说她不知道能不能成功：“武器脱手！”

蒂娜惊讶地看到，魔剑顶上射出一道蓝光，咒语飞快地冲着那个女孩飞去。“挡咒！”那个女孩咒骂一声。这时，蒂娜看清了她掉落的书上的名字：洛蒲。

“夏米特！”洛蒲大叫一声，随后叫到：“无声无息！”蒂娜暗自窃笑，看来这个家伙只熟悉无声无息咒。

“挡咒！”突然，蒂娜身后的子岚不紧不慢地抽出魔笔，轻声说道（玛丽亚事后声称子岚练习了足足两个星期）。

“无声无息！”一个女孩儿在洛蒲身后出现了，蒂娜猜想她就是夏米特。

“挡咒！”蒂娜轻轻念道，“武器脱手！”

魔杖发出的光不偏不倚地击中了夏米特。她尖叫一声，魔杖控制不住地飞快向车厢门飞去。正巧这时，车厢门边出现了一个戴着眼镜、穿着长袍的女教授。面对飞来的魔杖，她猝不及防，被魔杖狠狠地砸中了脑门。

“够了！”她发出一声高分贝的尖叫，“够了！”

蒂娜看见了那个女人胸前别着一个亮闪闪的牌子，上面写着：医务课教授，罗杰。

“你们！”罗杰教授气得满脸通红，扯着嗓子尖声喊叫，“我是！医务课的教授！罗杰！”她愤怒地直哼哼，把一个句子说成了三段。“在车上是不允许使用魔法的。我要关你们的禁闭！关禁闭！”她愤慨地吼叫道。

“罗杰教授，”洛蒲出其不意地拿出一本叫《龙马德兰魔法学院校规》的一本书，翻到第三页，“校规上第 36 条规定：‘在校外使用魔法，只要不出现大的损害，学校无权管治。’罗杰教授，你应该不会违反校规吧？”

罗杰生气地瞪了洛蒲一眼，气咻咻地走出了车厢。蒂娜狠狠地瞪了罗杰一眼，不动声色地把魔剑放入书包。

“哇，”玛丽亚沉默了一会儿，惊叫起来，“你好强！你自己练习那些魔咒了吗？竟然做得那么好！”

“没什么。”蒂娜瞟了一眼子岚。玛丽亚从书包里拿出一堆枭龙星球统一的货币——灵币，对蒂娜眨眨眼，“我们要不要买点吃的东西？今天我请客。哦，对了，”她急急地说，“我想我们到学校以后该去你爸妈的账户领钱，你好像还没有多少钱。”她尴尬地加了最后一句。

“当然可以。”蒂娜自然地一笑。过了一会儿，玛丽亚抱着一大堆食物回来了：巧克力派、郁金香蛋糕、怪味跳跳糖、柠檬汽水。

大吃大喝一阵后，玛丽亚一把撕开了怪味跳跳糖的包装袋："听说这里面有很多口味的跳跳糖，啊！"她拿了一颗淡黄色的糖丢到嘴里，"这是菠萝味的！蒂娜，子岚，尝尝吧！"

"嗯，"蒂娜含糊不清地应了一句，她的嘴已经被刚才玛丽亚给的巧克力派塞得满满的。待到咽下去以后，她拿了一颗红色的糖，"这可能是草莓味的。"玛丽亚呜噜呜噜地说道（她正在吃跳跳糖）。子岚轻轻摇了摇头，从书包拿出了《医务课课本》。蒂娜把糖轻轻地放入口中，"是樱桃味的。"她嘀咕着，顺便拧开柠檬汽水瓶盖，无意中注意到上面的一行小字：一等奖。

"嘿！我中奖了！"蒂娜捅捅玛丽亚，"我去领奖咯！"

"嗯，"玛丽亚突然惊喜地叫了一声，"怪味跳跳糖也中奖了，'再来一包'，运气真好！"

"领奖品？"一个长着长胡子的男人用琥珀色的眼睛看了看她，转身拿出一个青铜色的小东西，"拿着吧。"他的声音很温柔，就像阳光一样，使人感到无比温暖。

蒂娜接过来，是一只青铜小镜子，看上去已经很旧了，但还是泛着古铜色的金属光泽。在镜子顶端有一个奇怪的弧形，是向里凹进来的，在镜子底部刻着一行小字："另一半"。在小字旁边画了一本书，又打了一个"×"。蒂娜觉得很奇怪，但还是不由自主地把它塞进了书包。

有那么一刹那，蒂娜的双手似乎不听使唤了，不由地再次拿出魔剑，细细观察。突然，她发现魔剑下面也刻着一行小字："三种神器结合，"，这句话似乎没有写完，因为结尾处是一个

“，”。更令蒂娜惊奇的是，这句话的字迹和小铜镜上刻下的字迹十分相像——甚至没有一点不同。

她把魔剑放回书包，装出一副自然的样子抓起一颗怪味跳跳糖扔入嘴中。这究竟意味着什么？

“啊，蒂娜，快看！”玛丽亚突然指着窗外，“我们要到了！”蒂娜一下子兴奋起来，立刻把这件事抛到脑后。

已经是晚上了，能见度很低。蒂娜下了车，又不情愿地背上沉重的书包。她与玛丽亚并肩走着，玛丽亚嘴里还含着一颗葡萄味的怪味跳跳糖："真不知道教授们是不是都像罗杰那么讨厌……我可不希望那样……听说校长叫斯贝里，还是魔法族族长呢。他好像教魔咒课……啊，前面有个拱门！"玛丽亚突然激动地指着前方，"开学典礼就要开始了！"

"嗯，"蒂娜小声应着，迈开大步，紧跟上前面的夏米特，"我有点困了……你呢？"

"啊，"玛丽亚打了个哈欠，突然双眼瞪得溜圆，"哦，那是什么？拱门旁边有石头雕像？模样真的是傻极了……"这时候，前面停下了。在前面带队的罗杰大声对新生说："在学校入口、教室入口、寝室入口、实战演练场入口以及教授办公室入口都有一个这样的石头雕像，要插入通行卡。哦，我好像忘记了你们还不知道什么是实战演练场……"她盯着蒂娜和洛蒲，被发丝遮挡的脸上浮起一阵讥笑，"好吧，在这里不能随便进出学校。但是——这是学校入口石头雕像的通行卡，"她不耐

烦地说道，“到开学典礼上你们都会发一张。”她把一张薄薄的绿色卡片插入石头雕像的嘴。石头雕像的眼睛闪了一下，旁边的铁门顿时打开了。新生们鱼贯而入，罗杰不屑地哼了一声，大声维持秩序，还不断地说“蒂娜，别说话了”或者“洛蒲，快点走”之类的话，使得蒂娜很不高兴，洛蒲看来也是一副愤愤不平的样子。

不愉快的时光很快过去了，前面是礼堂正门。打开门，所有的新生都不禁“哇”的一声——

礼堂房顶上，挂满了五颜六色的彩球，都是神奇地飘浮在空中，蒂娜猜测，这是用了《魔咒大全》上的“浮于空中”；礼堂分布着许多餐桌，其中有一排“教授餐桌”，一些教授正在那里会意地笑着；礼堂中间有一个大讲台，已经挂上了许多丝绸，一个看样子已经 70 多岁了①、又瘦又高、长着黑色胡子的男人，正在那里面带微笑地看着新生们。

“大家好。”他用一种循循善诱的腔调说道，“新生们好，我是这个学校的校长、魔法族族长斯贝里，很高兴大家能来到这里。”他亲切地眨了眨眼睛，“我真诚地邀请大家享用晚餐。”紧接着，他不失礼仪地抽出魔剑，叫了一声，“食物，速速显形！”

蒂娜目瞪口呆地盯着最近的一张桌子，只见摆满盘子的桌子上出现了成千上万的美食：战士族的特产香炸羊排、黑胡椒牛柳；幽灵族的特产泪鱼汤、红焖星星鱼；魔法族的特产跳跳水果红萝卜、香煎时蔬；更有零食怪味跳跳糖、玫瑰布丁等等，还有许多蒂娜从来没有见过的美食。坐在那个餐桌上的人大快

① 在枭龙星球，有魔力的种族平均寿命是150岁左右。

朵颐，蒂娜急忙跟着前面的队伍走向一个餐桌，上面写着“新生”。

玛丽亚拿起一个跳跳水果红萝卜咬了一口，“哇！”她感叹道，“真的好好吃！”蒂娜落座，也拿了一个，轻轻咬下去。顿时，甜甜的汁水在嘴中四处飞溅，虽说带着一丝辛辣的萝卜味。蒂娜顿时感到清凉无比。

“这是什么？”蒂娜享受完跳跳水果红萝卜，指着在“战士族特产”中的一盘半透明的、好像是果冻的东西，“玛丽亚？”她回头一看，只见玛丽亚嘴里塞满了红焖星星鱼，她费力地咽了下去，“你让我浪费了美食！”她半开玩笑地呵斥道。

“哦，啊！那是蛇肉冻！”玛丽亚抱怨到一半突然惊讶地张大了嘴，“这么名贵的东西！”她急忙伸出筷子，拿了一块，半眯上眼睛细细享受着，紧接着，她叫道：“嘿，子岚！这里有奶油薄荷曲奇，你最喜欢吃的！”

“唔……”子岚放下《种族课课本》，把下落的眼镜向上推了推，“嗯，好的。”她的语气欢快起来，拿了一块，嘴里发出“咔嚓咔嚓”的咀嚼声。

“同学们，我想大家都已经吃饱喝足了。”过了一阵子，讲台上传来了沉稳的男声。听了这话，子岚匆忙地夹了许多菜往嘴里塞，因为她基本上还没吃饭，“食物，通通消失！”望着干净的盘子，子岚露出失望的神情，但很快又对这种消失咒起了兴趣，“我有必要强调一下，龙马德兰魔法学院的注意事项。”

“第一，学校管理员吉尔吉斯希望我再次提醒大家注意学校禁止携带的东西：便式臭气弹、催泪弹、打人植物、尖叫飞镖等等，整个清单一共有八十九项，请新生们到吉尔吉斯的办

公室查看。”

“第二，和以前一样，我还是要提醒大家，学院的禁忌书房、魔兽林是不能进入的。另外，滑板球赛、滑板竞速赛照常进行，一年级新生禁止参加滑板球赛。”

“第三，新生请注意，我们一个年级分六个班，共有九个年级，每年会评出‘年级杯’和‘个人杯’。两个班或三个班会在一个教室上课。而每个学生有固定的寝室，每个寝室三个人，不能随便到别人的寝室睡觉。新生请在会议结束后询问吉尔吉斯自己的寝室，要钥匙、通行卡、课程表。下面请大家掌声有请维金教授宣读新生的班级。”

一个戴着金色框架眼镜、盘着头发的女教授从餐桌那边走了过来，手里捧着一个大夹子。

“不知道我们会被分到哪个班。”玛丽亚轻声对蒂娜和子岚说。

“是啊。”蒂娜小声表示赞同，又一惊：她们已经错过好几个名字了。

“拉文德，一年级一班！”

“唉，不知道什么时候到我们。”子岚哀叹一声，又低头去翻着《医务课课本》。

“拉文特，一年级一班！”

蒂娜百般无聊，低头拿出了《幻影术秘籍》，可转念一想又换成了《种族课课本》。哎，下次她一定要问问阿不思能不能把他的存在告诉玛丽亚和子岚——虽然她实在是很想透露这个秘密。

“洛蒲，一年级三班！”

“夏米特，一年级三班！”

两个熟悉的名字惊动了蒂娜。她抬起头，只见洛蒲和夏米特正在昂首阔步地走向写着“一年级三班”的餐桌。

玛丽亚不屑地哼了一声，从包里拿出一颗怪味跳跳糖，闷闷不乐地丢进嘴里；子岚正在聚精会神地看着《医务课课本》上的一种咳嗽药水的调制方法。这时，传来了维金教授的声音：

“蒂娜，一年级五班！”

“玛丽亚，一年级五班！”

“子岚，一年级五班！”

“乔治，一年级五班！”

“吉尔特，一年级五班！”

蒂娜与玛丽亚、子岚和两个男生走向标着“一年级五班”的餐桌。

“玛丽亚、蒂娜、子岚？”吉尔吉斯在一旁飞速地翻着“学生寝室统计表”，“哦，玛丽亚、蒂娜，你们在 269 号寝室。和……洛蒲小姐在一起住。这是你们的钥匙，三把。”

蒂娜做梦也没想到自己会和洛蒲住在一个寝室。她宁可和男生住在一起，也不愿和洛蒲在一起。

玛丽亚梦游般地接过钥匙，哀叹一声，递给蒂娜一把青铜色的小钥匙，“倒霉。”蒂娜嘟囔了一声，“看来我不得不每天都对她念咒了——我是说，”她急忙补充道，“如果她攻击我的话。”

“喂，你们的课程表！还有，通行卡。”吉尔吉斯哼了一声，递来两张薄薄的课程表和两张通行卡。

“嗯，明天是周一，有实战演练课、变形课……天，有两节魔咒课！”玛丽亚突然叫起来，“有没有搞错？一天上两节啊！不过听说斯贝里上课还不错……”

“真是黑色星期五……”蒂娜叫苦不迭，“有两节医务课！那个该……”看到吉尔吉斯警惕的目光，她急忙把“该死”这个词咽了回去，“我是说，罗杰……”她又看到那警惕的目光，急忙补充上了两个字，“教授。”

“哟！”洛蒲刺耳的叫声从身后响起，“我竟然和这两个傻……”她看到了吉尔吉斯的目光，但还是肆无忌惮地说下去，“……瓜在一个寝室？”蒂娜烦躁地把课程表叠起来，警告自己不要发火。

“因为洛蒲说了不该说的话，一年级三班扣五分。”一个熟悉的、得意的声音响起，罗杰走了过来，“还没上第一节课就被扣分，洛蒲，你可真是破纪录了。”她假惺惺地笑了一下，嘴咧得更大了，“不过可真是名副其实，对吗，蒂娜？”

蒂娜不屑地哼了一声，拿着书包走向寝室。

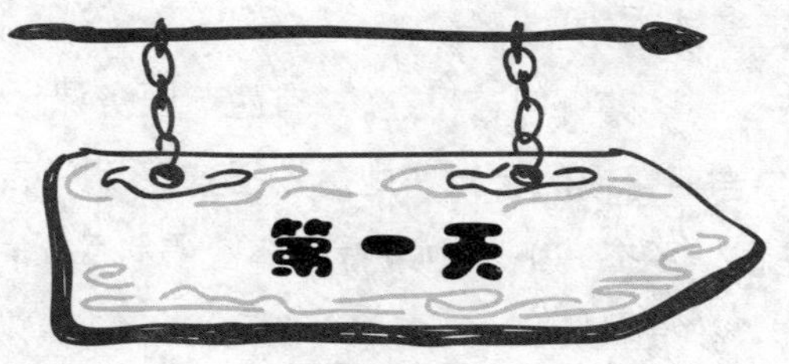

第一天

斯贝里快步走进教室，脸上挂着微笑，手里拿着一本《魔咒课课本》，长长的靴子踏在地上发出“嗒嗒”的声响。蒂娜从书包里抽出魔剑，拿出《魔咒课课本》，同时悄悄地展开《魔咒大全》，上面有释放魔咒完整的一系列方法。

她胡乱地翻开一页，一看，已经翻到“高级咒语”了。她刚想翻回“简单咒语”——她要学习的咒语都在那里，却无意中看见了一个咒语：灵光守护——让自己的守护神出现。

蒂娜的好奇心顿时被勾起来了：灵光守护？守护神？她的手痒痒的，很想试一试。但是也不一定成功啊，她对自己说，不希望在上课时按捺不住乱念魔咒。

“请同学们拿出武器。”斯贝里用那种沉稳、循循善诱的腔调说道，“打开《魔咒课课本》的目录。这学期我们要学习的是‘挡咒’‘解咒’‘无声无息’‘武器脱手’‘荧光闪烁’‘××，迅速飞来’‘速速捆绑’和‘晕头转向’以及一些魔咒的概念。”蒂娜庆幸地看见，在《魔咒大全》里这些咒语都写了详细的释放方法。斯贝里继续大声讲课，“时间紧迫，这节课我们先来

练习‘挡咒’。挡咒，顾名思义，就是挡住咒语。魔剑挥动要准确，像这样……”他指着一个地方，轻轻颤动了一下魔剑，“现在我来和一个同学合作一下……洛蒲？”

洛蒲站了起来，手里拿着一根光滑的魔杖，眼睛却在直勾勾地盯着蒂娜。那眼神十分古怪，使蒂娜不禁打了个寒颤。“好，现在我与洛蒲同学来演示一下‘挡咒’。”斯贝里抽出魔剑，指着洛蒲念出咒语：“无声无息！”一道蓝光射出去。

洛蒲轻轻一笑，顺势轻声说：“挡咒。”她的魔杖上闪出一道土黄色的光，无声无息咒被挡住了。但是，紧接着洛蒲用魔杖指着蒂娜大吼一声：“无声无息！”紧接着，一道蓝光射了出来。蒂娜下意识地举起魔剑，高声说道：“挡咒！”咒语被挡住了，洛蒲似乎很是气愤，又飞快地念出了咒语：“无声无息！无声无息！”蒂娜连忙挡咒，她彻底被激怒了，几乎是出于本能地飞快念道：“武器脱手！”

“嗖”地一声，洛蒲的魔杖飞出了好几米远。“够了！”斯贝里怒不可遏地大吼一声，“洛蒲的魔杖，迅速飞来！”那根平滑的魔杖立刻飞到了斯贝里手中，斯贝里把它递给了洛蒲，“难道你们认为你们已经把魔咒全部学会了吗？一年级三班和一年级五班各扣五分！”

蒂娜的脸火辣辣的，一年级五班的同学都投来不悦的目光。洛蒲瞪了一眼斯贝里，不情愿地回到座位上。

“唉。”蒂娜小声对玛丽亚抱怨道，“我的预言成真了吧？我说过我不得不每天都冲她发咒。不过是她先攻击我的。”

玛丽亚扑哧一笑。

“好了，我们继续上课。正如刚才的示范，大家应该都知

道‘挡咒’这个咒语怎样使用了。请大家分组练习，咳，我对你们发射魔咒，你们来挡咒。一个一个的来。”他的声音突然很尖锐，“蒂娜和洛蒲，你们已经会了，就跟你们的同位练习吧。作业，下午的课我再布置。”蒂娜看见洛蒲正在气咻咻地用魔杖敲打桌子。“现在开始——无声无息！”他对着第一个同学大声念道。

蒂娜理所当然地选择了玛丽亚。“无声无息！”

“挡咒！”练习了几遍后，玛丽亚的魔杖闪出一道土黄色的光芒。

“看来你已经会了。”练习了一阵，蒂娜悄悄地在玛丽亚耳边耳语，“我想……呃，试试新咒语。”

“好啊。”玛丽亚爽快地答应掩护她，不让斯贝里发现，“你的五角星还疼不疼？”

“好多了，从上次起再没有过。”蒂娜撒了个谎，前天她刚刚疼过，“我要念咒了哦。”她提醒道。

“嗯，好的，没问题。”玛丽亚会意地一笑。

“灵光守护！”蒂娜用魔剑指着前方，轻轻地念出了那个她想尝试的咒语。

魔剑顶上喷出一团银白色的烟雾，飘在教室上空转来转去，一会儿变成不规则图形，一会儿又变回烟雾。但最后并没有出现什么情况，在烟雾的形态不动了。蒂娜感到有些失落，“难道是我的法力还不够？”她嘟囔着。接着，她告诉玛丽亚可以继续练习了。

“晕头转向！”

“挡……啊！”

玛丽亚尖叫一声，立刻在原地呆立，眼里盛满了迷茫，黯淡无光。“解咒！”蒂娜连忙高喊。

玛丽亚的魔杖无力地垂下来，她粗声粗气地说道：“真是……好强啊！你是怎么做到的？”

“没什么。”蒂娜连忙含糊不清地应了一句。

下课课间，玛丽亚、子岚与蒂娜一同走在通向变形课教室的小路上，周围“请插入通行卡”的嘈杂声此起彼伏。

“我要困死了。”子岚靠在蒂娜的肩膀上，喃喃自语。

“她昨天看了一夜的课本。”玛丽亚冲蒂娜笑笑，子岚听了，把头抬了起来，轻轻地背着“让一个碗变得更宽”的定义。蒂娜点点头，使劲地揉着自己的肩膀。

“嘿，那是变形课的教授维金！”玛丽亚的叫声打断了子岚的念念有词，“不知道我们这节课要学什么。”

“你绝对没翻过一下课本。”子岚笑着说道，“这节课应该是要我们做到‘让一个碗变得更宽’。”

“请插入通行卡。”教室门前的石头雕像有气无力地说，看来它今天已经喊过许多遍了。蒂娜连忙把通行卡插入石头雕像的嘴，教室的大门迅速敞开。

“今天的作业是背过‘让一个碗变得更宽些’的定义，并练习让一个碗变得更宽。”教室里，子岚一边喃喃自语，一边把作业写在《变形课课本》上。

“都下课了，我们还要去上实战演练课呢。”蒂娜催促道。

子岚急急忙忙地收起书本，一跃而起，跟上了已经走出几步的玛丽亚。蒂娜背起书包，紧跟其后。

“实战演练课……”玛丽亚拿出课程表，突然惊叫了一声，“这门课不在教学楼里面上！在……‘实战演练场’！”

蒂娜兴致勃勃地补充道：“上面说……在操场西南部的一个碉堡里！”

“难道这就是实战演练场？”玛丽亚质疑说。

“应该是吧。”蒂娜有气无力地应了一声，“不知道有什么活动……”

“你一定没看过《龙马德兰魔法学院古老的建筑》这本书。”子岚突然说。

“当然没看过。”玛丽亚和蒂娜异口同声。

她们已经站到了碉堡下面。参差不齐的石块，一扇布满灰尘的石门……一切都那么古老。

“我是实战演练场的看守，澜尔。”随着一声低沉的自我介绍，一个高大魁梧的男人从石门中走了出来。他长长的黑色胡须拖到了腹部，惹得玛丽亚不禁轻轻窃笑。蒂娜不以为然，这样的胡子和阿不思比起来简直是小巫见大巫。

“一年级五班的玛丽亚、蒂娜、子岚？哦，”他的目光突然移向了后面，“还有，乔治、吉尔特。”

那两个和蒂娜一起进入一年级五班的两个男生走了过来，一个手里拿着一把魔剑，另一个手中紧握着一根魔杖。

“嘿，我叫乔治，你是蒂娜吧？”一个比较外向的男生说话了。蒂娜暗自吐了吐舌头，双手一摊：“是啊。这是我的朋友玛丽亚和子岚。”

“我们都是一个班的同学啊。”玛丽亚插嘴道。

“嗯，他叫吉尔特，变成一年级一班的了。”乔治悄悄指了指正在一旁的澜尔，“我们赶快进去吧。”吉尔特冷漠地看了一眼蒂娜，昂首阔步地走了进去。“他怎么了？”玛丽亚为蒂娜打抱不平。

人基本上都到齐了，这次是一年级五班和一年级三班合班上课。澜尔清了清嗓：“咳咳，我是实战演练课的教授，澜尔。”听到教授这个词，拉文德不屑地哼了一声，“今天我们暂时不进入实战演练场，我要给大家讲一下实战演练场进入的方法以及它的作用。首先，整个碉堡有九层，是为九个年级的学生专用设计的。每一层里面一共有三十个关卡，也就是三十个挑战。每通过一个关卡实战演练场就会奖励：灵币或者是盔甲、飞鞋一类的道具——考试中没有奖励。”

“这些在《龙马德兰魔法学院古老的建筑》里都写过了。”子岚小声嘀咕。

第二节魔咒课接近尾声，仍是练习挡咒。蒂娜可以看出斯贝里有些气恼，因为除了她和洛蒲只有玛丽亚、子岚、拉文德能挡住咒语。

“好了，好了。到此为止吧。”斯贝里粗声粗气地说，“作业是继续练习挡咒，并写一篇关于挡咒动作、释放方法的论文。对了，洛蒲和蒂娜，来我这里一下。”

蒂娜叹了一口气，与气鼓鼓的洛蒲一起向斯贝里走去。

等到人都走光了，斯贝里探下身来：“你们练过这些咒语？

为什么这么熟练？”

“我练过三次。”洛蒲冷冰冰地说。

“我从来没练过。”蒂娜感到好像有什么东西催促她这么说，便脱口而出。

“啊，很好，很好。”斯贝里突然一副若有所思的样子，“明天上午，你们来办公室找我。我们去魔兽林。”

“可是，教授，魔兽林不是不让——？”蒂娜还没说完，斯贝里便急急地打断了她，“先别说话。明天我会解释一切的。”他承诺完，便匆匆地向办公楼的方向走去。

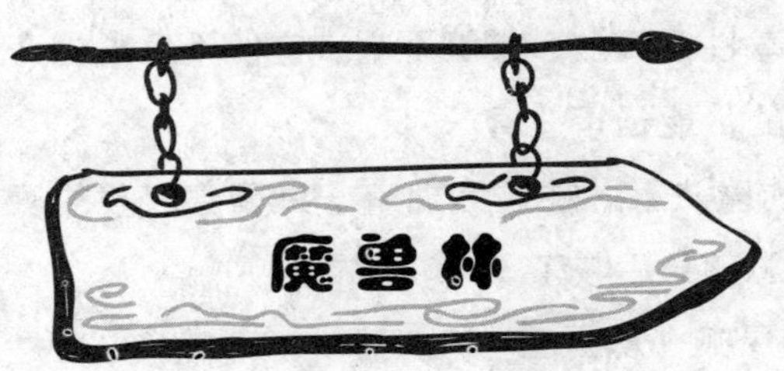

“明天我要去魔兽林。”蒂娜怕玛丽亚打断，因为她已经惊讶地张大了嘴，“斯贝里让我和洛蒲去。我也不知道为什么。啊，好吧，什么也别问我，我明天告诉你。啊，”蒂娜打了个哈欠，“累死我了。我要睡觉咯。”说罢，她将书包猛甩到床上，摊开四肢，很快进入了梦乡。

又是那条小路，这次，阿不思正站在路中间。蒂娜很惊讶，原来不是说好了周日再来吗？她刚要发问，阿不思烦躁地晃晃脑袋，长长的白色胡子开始抖动：“好吧，我来早了！但是有一件很重要的事情，我不得不出现！”

“是因为……斯贝里让我去魔兽林？”蒂娜顿时恍然大悟，连忙抓住时机发问，“他为什么要让我去？魔兽林有什么？”

“没错，是因为这个。”阿不思看起来十分烦躁，在小路上走来走去，“我只能回答你最后一个问题。显而易见，魔兽林里面有很多魔兽。一般是拥有普通动物的形态却有魔力的动物，但是也有个别的动物种族，像飞马、飞鹿、飞虎等等。但里面

最传奇的魔兽还是一种叫独角兽的魔兽，它们拥有马的形体，头上长了一根长长的角，还有一双翅膀。魔兽林里的魔兽一般性情温和，只有独角兽性情孤傲，桀骜不驯。它们不仅长相奇妙，而且血是晶蓝色的，能延年益寿。”

“拥有过人魔力的魔法族人往往会拥有一只魔兽。我的魔兽……”突然，阿不思朝身后喊了一声，“布莱！”

一阵树叶沙沙的声响，从天空中飞来了一个黑影：“这是我的飞虎，布莱。”阿不思轻轻抚摸着布莱那布满花纹的头部，“要驯养一只魔兽很不容易。啊！”阿不思突然一副豁然开朗的样子，喃喃地说道“斯贝里可能是想让你和……呃，叫什么来着？对，洛蒲——拥有一只魔兽！”

“怎么可能？”蒂娜一愣，尽管她相信这位老人的判断是从来不会错的，但还是不相信地反驳，“我们只不过才上一年级！不可能拥有魔兽！”

“因为你们风头太露，在列车上打了一架还不够，又跑到魔咒课上大打出手。而且，”阿不思皱着眉头扳着手指说，“洛蒲那些魔咒只练习了三次，而你一次也没练，这就说明你们完全有能力驾驭魔兽。”

“为什么我们完全有能力驾驭魔兽？”蒂娜迷惑地看着阿不思，“你不是说要驯养一只魔兽很不容易吗？”

“因为一个普通魔法族人练一个‘挡咒’都要一个星期！”阿不思不耐烦地揪了揪胡子，“好了，这样说明白了吧？你们是天才！”他拍拍布莱，布莱摇了摇尾巴，扇动着巨大的翅膀，在树叶的沙沙响声中消失了。

“啊……”蒂娜一愣。

“好了，好了，在你们的世界已经六点半了。我该处理我的事情了。对了，我有点事，下周日我来找你。”阿不思显得很烦躁。

蒂娜一下子从睡梦中惊醒，心仍咚咚地猛烈跳着。如果……阿不思预测的是真的，那么，她和洛蒲将进入魔兽林，尝试驯养一只自己的魔兽。

镇定，蒂娜对自己说。她理了理乱糟糟的头发，费力地把它们拢到一起扎成了一个马尾辫，穿好外衣，握住了门把手。

“要走了？”洛蒲嘲弄的声音在耳边响起，“我想最傻的笨蛋也会想到自己应该带上武器。”她玩弄着手里那根光滑的魔杖。

蒂娜触电似的把手从门把手上缩回来，默不作声地回到床边，从书包里翻出了魔剑。洛蒲高傲地轻笑了一声，打开寝室的门快步走了出去。蒂娜紧跟其后，飞速地朝着办公楼的校长室大步而去。

“来了？”斯贝里正心不在焉地摸着他那把熠熠生辉的魔剑，听到走在前面的洛蒲的脚步声时猛地睁开眼睛，“蒂娜也来了啊。好吧，我想让你们去魔兽林，找到属于自己的魔兽。”

看来阿不思的预测是正确的。虽说已经知道了，蒂娜却仍抑制不住心中的惊讶、恐惧。她握着魔剑的手在瑟瑟发抖，而洛蒲看起来是刚刚知道这个消息，因为她已经惊讶地张大了嘴，足以塞下一整个玫瑰布丁。

“我们？不可能！我们不可能拥有魔兽！”突然，洛蒲大喊起来，她的双腿瑟瑟发抖，“不可——”

“够了！”斯贝里打断了洛蒲的高分贝“不可能”，“赶快出发吧。我们走。”说完，他把魔剑挎在腰间，急速地向楼梯口的方向奔去，巨大的黑色斗篷在他身后上下摆动。

“走吧。”蒂娜小声说，不知是在对洛蒲耳语，还是在鼓励自己。她迈开大步，跟在斯贝里的身后奔下楼梯。洛蒲犹豫了一下，还是跟上了蒂娜和斯贝里的步伐。

过了实战演练场的碉堡走一阵子，眼前出现了一大片蒂娜在梦中看到的那种高树。

“是绿红柳！”洛蒲轻轻叫道，“一种非常珍贵的古树……”她的声音开始发抖，因为前方传来了一声令人胆战心惊的虎啸。

“好了。”斯贝里的声音小得像耳语，“你们就站在这里吧。最好使用荧光闪烁咒，能更快地引来魔兽。祝你们好运。”说完，斯贝里低声默念了什么，消失了。

“荧光闪烁！”蒂娜颤颤巍巍地举起魔剑。过了一小会儿，魔剑上闪出了强烈的、淡绿色的光，令蒂娜舒了口气。

“荧光闪烁……荧光闪烁……荧光闪烁……”洛蒲怯怯地举起魔杖，说了三遍，魔杖尖上才闪出一道微弱的光。

突然，远处的树丛中传来了一阵沙沙的声音。有魔兽来了吗？但没有任何东西接近她们，大概只是个别鸟类从树丛中窜出的声音，蒂娜安慰自己。

又是一阵树叶沙沙的响声。这时，从树丛里出现了一个银灰色、尖尖的嘴巴。紧接着，出现了整个身体。是一只银色的狐狸。它耳朵上的毛泛着淡淡的青铜色，眼睛呈琥珀色，那条蓬松的银灰色大尾巴向上翘着，双眼直勾勾地盯着洛蒲，发出

一声奇怪的长啸。紧接着，它走到了洛蒲身边。突然，它露出了一口尖利、闪着寒光的牙齿，咬住了洛蒲的裤腿。

“啊！不要！不要！”洛蒲大声地尖叫起来，用魔杖指着银狐，“速速——速速捆绑！速速捆绑！”洛蒲简直在歇斯底里地哀号，魔杖奇迹般地闪出一道蓝色的光，击中了银狐。银狐惊讶地哀叫一声，四爪被一条无形的绳索捆了起来。“解咒！”蒂娜急忙用魔剑对准银狐。

它终于站了起来，用感激的目光看了蒂娜一眼，又用厌恶的目光瞪了一眼洛蒲，摇摇尾巴消失在灌木丛中。

蒂娜颤颤巍巍地举着闪着荧荧绿光的魔剑，打了个喷嚏。洛蒲那样子就像是中了昏昏入睡咒，在一旁摇摇晃晃地打着鼾。这时，草丛里又冒出一个熟悉的银灰色的脑袋。是那只银狐！它鬼鬼祟祟地东张西望，直到看见昏昏欲睡的洛蒲，才从草丛中猛地窜出，朝蒂娜走过来。

它嗅了嗅蒂娜的裤脚，又看了看蒂娜的魔剑，轻轻叫了一声，向前跑了几步，又扭过头来看了看蒂娜。见蒂娜没动，它恼怒地哼了一声，向前摆动着大尾巴，很明显的意思就是让蒂娜跟上它。

蒂娜犹豫着，想了又想，还是快步向前，紧跟在银狐后面。魔剑上绿莹莹的亮光微微闪动，照亮了银狐前方的路。

蒂娜顺从地跟在银狐后面跑着，魔杖上的荧光越来越暗，两旁的绿红柳显得阴森恐怖。

“荧光闪烁！”她轻轻地念道，魔杖上的光成了墨绿色。她紧张地抽搐了一下，跟在银狐后面小跑。

银狐在前面叫了一声，显得十分焦急，奔跑的速度又加快了两倍。蒂娜气喘吁吁，仍跟在后面小跑。

大约过了二十多分钟，银狐突然停了下来。它的正前方五十多米的一棵枯树下，躺着一只奇怪的动物，它的周围有一片晶蓝色的液体，在透过树叶的缝隙照进来的少许阳光的照耀下，闪着点点淡蓝色的刺眼亮光。

银狐发出一声哀叫。蒂娜小心翼翼地走了过去。

它长着一支长长的、银白色的长角，上面弥漫着一层淡淡的银色烟雾；它有一头漂亮的马鬃，呈淡淡的紫色；它的眼睛是琥珀色的，仿佛有一泓春水从中流淌；它的全身呈乳白色，没有一丝瑕疵；它的身体上有着一对巨大的、淡紫色的翅膀；连同样是淡紫色的马尾也是如此飘逸。

独角兽！蒂娜简直不能相信独角兽是这样的美。她忘记了周围树林的阴森，而是目不转睛地看着这匹独角兽。

等等……它身子周围的那些晶蓝色液体是什么？蒂娜俯下身去，这时，她想起了阿不思说过的一句话，不禁不寒而栗：

“它们不仅长相奇妙，而且血是晶蓝色的，能延年益寿。”

这么说……这是独角兽的血？它受伤了吗？蒂娜急忙俯下身，想起了《医务课课本》上的一句咒语：“快快愈合！”

效果并不太好。独角兽身上的大部分虽说愈合（事后蒂娜才知道，这只是个初级咒语，效果根本没这么好），但是那些大的伤口还在微微冒血。蒂娜绞尽脑汁地回想一种愈合汤剂的配料以及怎样调制。正当她烦躁地否定种种药材时，独角兽吃力地抬起头，眼睛里好像在说“不用想汤剂了”。紧接着，它向着东南方向望去。银狐见了，急忙发出一声催促的叫声，向东南方向跑了两步，又试探性地回头看了看独角兽。独角兽发出一声低沉的叫声，银狐急忙跑到蒂娜身边，咬着她的裤脚向东南方向拖去。它奔跑起来，蒂娜也紧跟其后。

极速奔跑了一阵，前面模模糊糊地出现了一个好像是男人的身影。他鬼鬼祟祟地窜入一个灌木丛，手里拿着的玻璃瓶子折射出刺眼而又呈淡蓝色的光。

那里面装着独角兽的血！他想用它做什么？对……延年益寿……蒂娜一下子豁然开朗。她飞快地举起魔剑，冲着那个背影大喊一声：“速速捆绑！”

那个黑影似乎看见了飞来的魔咒，他灵活地一跃，躲过了飞过去的那道蓝光。紧接着，他从怀里掏出一支笔，对准蒂娜敏捷地大吼一声：“刻骨钻心！”

一道红色的魔光冲着蒂娜疾飞而来。蒂娜连忙躲闪，紧接着，数不清的红色魔光从四面八方飞了过来，伴随着的是齐刷刷的“铭心索命！”“万箭穿心！”“刻骨钻心！”

蒂娜在魔光中一边急速地来回躲闪，一边不甘示弱地回击“昏昏入睡！”“无声无息！”“全部石化！”“速速捆绑！”……虽说发射了这么多魔咒，但只在远处的一个灌木丛中传来了呼呼的打呼噜声，紧跟着的是一个人的咒骂。

“万箭穿心！”紧接着，一道红色的魔光直冲向正在大叫“障碍在前”的蒂娜。

一阵撕心裂肺的疼痛。不是来自那个人魔杖指的前腿，而是肩上的五角星胎记。紧接着，腿上的疼痛与肩上的疼痛使蒂娜尖叫一声，渐渐陷入了黑暗。

“你怎么不用黑魔法！”还是那条小路，头发蓬乱的阿不思正站在小路中间。

“等等……”蒂娜刚要冲阿不思尝试万箭穿心咒时，阿不思突然打断了她，“你身上的黑魔法能量好像被禁锢住了……让我试试……哎哟！”

阿不思像被一双无形的大手推了一下，向后踉跄了好几步。他剧烈地咳嗽着，用一只手盖住正在剧烈起伏的胸口，仿佛那里被一把无形的剑刺了一下。

“这是……魔法枷锁……很好……”他嘟囔着，从手心里抽出一把镶着红宝石的魔剑，“我就不信……让我再试试……”他用宝剑对准蒂娜，大声疾呼：“钥匙孔开！”他将宝剑离蒂娜只有一厘米，“急急洞开！”

在阿不思说“急急洞开”的一刹那，蒂娜感到肩膀上一阵火烧火燎的疼痛，仿佛要裂开了一般。她能感觉到里面有一种能量迫切地想从一把锁圈禁的空间中钻出来。

锁开始松动。那股能量的冲击越来越用力，似乎已经嗅到了外面蓝天的气息。阿不思的脸上掠过一丝喜悦的光彩，魔剑上的红宝石发出的光越来越亮。

突然，那把魔剑一下子从阿不思手中飞了出去。紧接着，蒂娜感到那把锁又恢复了原来的样子，而那股能量也不再冲动，就像中了昏昏入睡咒一样。

“不。”阿不思喃喃自语，弯腰捡起掉落在地的魔剑，“这不可能。没有这把剑打不开的魔法枷锁。”突然，他一副猛然醒悟的样子，“对……用生命铸成的魔法枷锁……另加祝福幸运数66点……”他的声音越来越低，似乎是不想让蒂娜听到。

“什么……？”蒂娜竭力想弄明白他的话，“对不起……请再说一遍——”

“不，不！”阿不思好像情绪失控了，“你走吧，你走吧！”说着，蒂娜渐渐地陷入黑暗中……

蒂娜进入了一个新的梦境。

这是哪里？蒂娜的身边长满了高大的绿红柳树，不时传来阵阵魔兽的叫声。

这里是魔兽林……

那只独角兽……虽说是梦境，但蒂娜还是禁不住想起了那只迷人的独角兽。她急速转过身，飞快地向着那棵记忆中独角兽所在的枯树奔去。

周围一片漆黑。蒂娜不得不大喊一声“荧光闪烁”。

前面似乎就是那棵枯木。那匹独角兽正站在那里看着她，长长的紫色马鬃随风飘逸。

“你……伤好了吗？”蒂娜迟疑了一下，她想到独角兽是听不懂人话的，脸顿时有点微微泛红。

“我已经好了，主人。”独角兽用一种沉稳的女中音说话了。

“主人？”蒂娜惊奇地望着那双此时正熠熠生辉的琥珀色的双眼，“你说什么？你怎么会说话？”

“看来你还没看过《魔兽解析》。”独角兽调皮地一眨眼，继续说下去（蒂娜一愣，她根本就没听说过这本书），“魔兽都会说话，主人。”独角兽再次强调了“主人”这个词，“我已经是你的了，我已经承认你是我的主人，因为你救了我的命。”

“因为快快愈合咒？”蒂娜疑惑地问。独角兽点了点头，突然，它吐出一团紫色的雾气。那团雾气轻轻地飘到空中，突然落在了蒂娜的手心。

那团雾气消失了。蒂娜一低头，发现自己手心上多了一个印记，是一个独角兽头部轮廓的印记。

“以后按一下这个，我就会出现。”独角兽温柔地说，“给我起个名字吧，主人。”

“别再叫我主人了。”蒂娜怯怯地说，“叫我蒂娜好了。嗯……名字嘛，薇儿？”

“好啊！”薇儿的紫色马尾欢快地甩动着，“蒂娜，你想让我平时住在哪里？魔兽林？龙马德兰魔法学院的魔兽棚？”说到魔兽棚，薇儿别扭地喷出一团热气。

“嗯……魔兽林？”蒂娜看看周围的环境，做出了决定。

“太好啦！”薇儿欢快地撒开四蹄，“主人，我该走了！啊，不对，对不起，蒂娜！”

蒂娜露出了一个微笑，再次陷入黑暗。

"解咒！解咒！蒂娜，醒醒！"熟悉的声音使蒂娜猛然惊醒，是洛蒲，"哦，你终于醒了。快帮我把这些该死的幽灵族入侵者赶走！"她的声音又恢复了往常的傲慢。

蒂娜清醒过来。是幽灵族……"好吧。"她站起身，拍拍身上的灰尘。

她做的第一件事就是展开自己的左手。

一个呈淡紫色的清晰的独角兽头部轮廓。

她松了口气，悄悄地将左手攥成一个拳头，默不作声地紧跟在洛蒲后面。

"来人了！"突然，一声喊叫打破了暂时的宁静，"刻骨钻心！刻骨钻心！"

"挡咒！"洛蒲忙不迭地举起魔杖，大声吼叫。

"我的天哪，行行好吧！"蒂娜气恼地大喊一声，"黑魔法是不能用'挡咒'的！看着，应该这样——"蒂娜弯下腰，在对付自己的红色的魔光上方窜过，"应该躲过它们，而不是'挡咒'！或者，用魔咒把它们抵消也可以。"

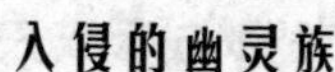

"好吧，好吧！"洛蒲骂骂咧咧地应声。

几乎是与此同时，两声"万箭穿心"又从远处的灌木丛中响了起来。"我们要反击啊！"蒂娜一边扯着嗓子喊叫，一边在一道魔光下弯腰躲避，"你不是不会发咒了吧？武器脱手！晕头转向！"她举起魔剑，一连发出两个咒语。

"啊，该死！"另一边传来洛蒲愤怒的叫声，"哦，好了，我躲过去了——无声无息！"

三道蓝色的魔光立刻飞速地飞向那个灌木丛。紧接着，一根法杖从灌木中飞了出来，紧跟着的是一声咒骂。但是，很快又发出了一声咒语："呃……扩苦钻心！"

"哈，他中了我的晕头转向咒！"蒂娜欣喜若狂，"他把咒语说错了！看我的——武器脱手！"

蓝色的魔光飞快地射出去，正巧与另一个灌木丛发出的红色魔光相撞了——两道光都消失了。

"速速捆绑！速速捆绑！"蒂娜听见洛蒲正在声嘶力竭地大吼。

"啊，见鬼！又是刻骨钻心咒！"洛蒲还没说完，红色的魔光直冲着她飞来。洛蒲发出一声刺耳的尖叫，笨拙地在两个咒语间飞穿而过。此时的蒂娜正在大声喊着"速速捆绑"，见此情景连忙又发射了一个晕头转向咒。

"铭心索命！"

"武器脱手！"

"速速捆绑！"

"瞬间转移！"

随着幽灵族的那声"瞬间转移"，一个黑魔法师瞬间移动到了蒂娜的身后。这也许是幽灵族的魔法。蒂娜一边想着，一边冲那个人发射了一个无声无息咒。

“哎呀！我要用变形课的魔法了——速速变小！”洛蒲一边应付着那个黑魔法师发的一个万箭穿心咒，一边用魔杖对准黑魔法师发射了一个变形课的咒语。只见那个黑魔法师没等发出一声尖叫，就变成了一个高一米的小人儿。

“干得好，洛蒲！”蒂娜一边喊，一边急忙转身，弯腰躲过了一个铭心索命咒。

“他们的人太多了！”洛蒲正在二十多道红色的魔光中来回跳跃，此时绝望地喊，“怎么办？蒂娜——啊！”

蒂娜看见洛蒲被一道红色的魔光击中了左腿，此时她正趴在地上，紧捂着左腿，连连哀叫。

“见鬼……解咒！解咒！”蒂娜用魔剑指着洛蒲的左腿，一见一个刻骨钻心咒从上方飞来，连忙低头躲避，“解咒！该死……解咒！解咒！”

好几道土黄色的光在魔剑上闪烁，可洛蒲仍在连连哀叫。“呃……好吧，你先忍一会儿……天哪！铭心索命咒……”蒂娜一边喃喃自语，一边低头躲过一个铭心索命咒。

“斯贝里，迅速飞来！”绝望之中，蒂娜忘了迅速飞来咒不能让一个人飞来，大声吼叫，“斯贝里，迅速飞来！”

奇迹发生了。“噗”地一声，斯贝里出现在了半空中，冲着洛蒲大喊一声：“快快复苏！”洛蒲一下子坐起来，一副解脱了的样子，脸上却仍流露出恐惧。

“教授！他们人太多了！”蒂娜一边在空中乱发晕头转向咒，一边对斯贝里汇报着情况。

“很好，很好！”斯贝里愤怒地喊道，用魔剑对准自己的喉咙高喊一声“快快扩音”，“幽灵族的入侵者们，我是斯贝里！快走吧！否则……后果你们知道。”

听了斯贝里的话，幽灵族的黑魔法师发出不满的嘘声，紧接着一起高喊“瞬间移动”，便统统消失不见了。

“他们拿了独角兽的血……教授！”

听了蒂娜的话，斯贝里微微皱起了眉头：“是吗？好吧，我先带你们回去……声音还原……你们表现得可真勇敢。等等，蒂娜，你的左手上是什么？”

“教授。”蒂娜指了指一脸惊恐的洛蒲，斯贝里立刻会意地眨了眨眼睛。

“好了，我现在要想想我们怎么出去……对，迅速飞来咒。我的飞天滑板，迅速飞来！”

一个飞天滑板出现在了魔兽林的上空。“好了，站稳了……出发吧！”

斯贝里的飞天滑板腾空而起，向着校长办公室迅速飞去。

“……我不得不承认，她们的身上反映出了一种珍贵的勇敢品质。我宣布，一年级五班和一年级三班各加三十分！”斯贝里话音未落，台下便一片欢呼，玛丽亚尖叫着扑向蒂娜，子岚也在一旁会心地微笑。

“蒂娜，来我办公室一趟。”蒂娜在众人的欢呼声中走向校长办公室。

“你拥有了一只独角兽？”蒂娜想象过斯贝里听到这个消

息的模样，但绝对是大大地超出了蒂娜的想象范围。

“我再看看你的左手。啊，没错，千真万确……独角兽头部的轮廓……非常清晰……”斯贝里在办公室里来回踱步，“这么说你是独角兽的主人……等等，紫色的？有没有搞错？”斯贝里在好像快要接受这个事实时，又惊讶地瞪起眼睛，“独角兽部落的……王子？还是公主？”他喃喃地说。

“它说我救了它的命。”蒂娜平静地看着那个轮廓，“教授，我不明白……”

“你是预言中的那个人。”突然，斯贝里喃喃自语，“非常明显……‘拥有三族的魔力和传奇的魔兽……’，非常明显……”他默默地念叨着什么，“你有那个五角星吗？”

“我不想告诉你，教授。”

“好吧……我不会、绝不会告诉幽灵族和战士族……嗯，好了，蒂娜，你暂时不要召唤这匹独角兽……你走吧。”斯贝里招招手，蒂娜一言不发地走出了办公室。

那个预言……我想知道全部……蒂娜默默地想着。

星期四的晚上。

"天哪，明天又有变形课！"洛蒲最近对蒂娜的态度好了许多，此时她正在大声地发泄着不满，"变形课的作业……呃，'让一个碗变得更宽些'的定义是什么来着？让我看看书……"她小声地嘟囔着，再次烦躁地打开《变形课课本》，"啊，见鬼！我又把一句话背错了……"

没有人搭腔。因为此时此刻，蒂娜在埋头写着沃罗布置的神奇植物课的作业——一篇关于"水仙枝条的样子、它们的危险性以及怎样防御它们的攻击"的论文，此时正在快速地翻着课本，紧接着聚精会神地看着写着"第一课，水仙枝条"的一页；玛丽亚的嘴唇不出声地蠕动着，她试图完成种族课老师米纳斯布置的"默写魔法族的特产"的作业，此刻正在念念有词。

突然，宿舍的门开了。子岚出现在寝室门口，当她看到埋头书写的蒂娜、大声喊着"背错了"的洛蒲和念念有词的玛丽亚时，惊讶地睁大了眼睛，随后尴尬地说："我还以为你们都写完了呢……好吧，明天见。"

"'怎样防御水仙枝条的攻击'……该死，我真是想不起来了！"突然，蒂娜停下笔，烦躁地嘟囔着，"子岚，借你的《神奇植物课课本》看看……看来我必须得抄抄笔记了！"

"好啊。"子岚刚答应，玛丽亚紧接着搭腔道，"对，还有《种族课课本》……我想我可能少记了'跳跳水果红萝卜'的产地和它的成熟期。哦，好像产地是青铜市……"

"不对，是马交市。"子岚斩钉截铁、毫不犹豫地断言，"好吧，我一会儿把课本拿过来。"

"好吧……我还是先写历史课布置的妖精大叛乱的填空卷子这项作业吧。"突然，洛蒲打了个哈欠。

"哎，妖精是不是看守各个种族的监狱？"

"嗯……"

第二天早晨，蒂娜不得不硬着头皮在书包中塞进了《医务课课本》和一只魔药锅。

"请插入通行卡。"到了医务课教室的门口，石头雕像精神百倍地说——这节课是第一节课。看到蒂娜阴沉沉的样子，子岚忙把通行卡插入石头雕像的嘴中。

"通过。"

罗杰正站在教室的讲台上梳理着头发。看到她们，罗杰一愣，但很快又换上了那副令人作呕的笑容："啊，来得可真早，对吧，蒂娜？"她做出一个夸张的动作扫视了全班，"哦，你们是第一个来的啊。很好，很好。蒂娜，我希望你在医务课的学习上也打起十二分的精神。"

"哼，说得好听。"蒂娜悄悄地发泄不满。

“就是。”玛丽亚表示同意。可不料罗杰竟听到了，脸上的笑容更加令人恶心。

“蒂娜同学顶撞老师，一年级五班扣五分。”她字正腔圆地说，“玛丽亚不但不告诉蒂娜不应该顶撞老师，还表示赞同，一年级五班再扣五分。”她假惺惺地笑着，“我想，蒂娜，你最近刚刚挣的那三十分大概很快就要扣光了吧。”

蒂娜刚要回嘴，子岚便劝阻道：“算了吧，咱还是别再给一年级五班扣分了。”

蒂娜不悦地点点头，不动声色地拿出《医务课课本》开始翻到第一课。

洛蒲与夏米特走了进来，洛蒲微笑着冲蒂娜打了个招呼。紧跟在她们后面的是乔治和吉尔特，这次两人是分开走的。

“哦，见鬼。”乔治悄悄看了看每个教室都挂着的分数统计表，脸上惯有的开朗表情消失了，“一年级五班只剩十五分了……瞧，一年级一班有四十三分了呢！”他闷闷不乐地坐在蒂娜的后面。吉尔特看了看后面的分数，薄薄的嘴唇拧出一丝讥笑，拍拍身上的灰尘走到一边去了。

“你们俩怎么了？”玛丽亚关切地问。

“哦……吵架了。”乔治恶狠狠地瞪起眼睛，朝吉尔特那里投去轻蔑的一瞥。

“好了，亲爱的同学们，我是医务课教授罗杰。”罗杰的脸上咧出一个虚伪的微笑，蒂娜连忙堵上耳朵。“……我要求大家在 LMDL 期中考试至少考到‘及格[①]’，这个应该很容易吧？

---

① 等级分为：优秀→良好→及格→不及格→差→很差

那么 LMDL 期末考试必须要考到‘不及格’以上，我才会同意你们继续上我的课。但是如果不上医务课，你们会成为一个不合格的魔法师。现在我们上第一课。”她露出一个狡黠的笑容，“洛蒲，请你回答一下，我们第一课的主题是什么？”

“呃……”洛蒲立刻站起来，但却支支吾吾。

“很好，你肯定没有打开过课本。”罗杰得意地说，“一年级三班扣五分。那么蒂娜，你能回答一下这个问题吗？”她得意地微笑着，注视着蒂娜。

“青果树枝条的汁水和它们的果实对人类的好处，并尝试快快愈合咒。”蒂娜坦然地说，她刚刚看过课本。

“很好。”罗杰口是心非地说，因为蒂娜看见她的脸上浮起一丝不悦，“那么你是否能说说到底有什么好处呢？”

子岚举起了手。但罗杰装作没看见似的，仍直直地盯着蒂娜，脸上浮现出了一丝令人难以察觉的笑意。

“罗杰……教授，”洛蒲突然站了起来，“这是你授课的内容，不应该在课前提问。”

“答不上来？很好，洛蒲，蒂娜，我建议你们明天晚上到我的办公室，”她得意地笑着，“关禁闭。”

紧接着，她转过身，又满脸堆笑：“好了，同学们，正如蒂娜所说，我们先来尝试一下快快愈合咒……”

蒂娜与洛蒲对视了一下，对方抿紧了嘴唇，可也还是无奈地低下了头。

“这节课可真够糟的。”洛蒲闷闷地发着牢骚，“开学刚刚一个星期，就吃了一个禁闭……”

“别大意，罗杰还会关我们很多次禁闭呢……等着瞧吧……”蒂娜无奈地说。

“她简直是在找茬。”洛蒲发狠地说。

“下节课是不是上飞行？”玛丽亚不想看着她们俩继续满腹牢骚，便转移话题，“听说是一个叫尼古斯的男教授教我们飞行课哎……”

“是啊。”洛蒲回应道，可还是不想转移话题，“嗯……蒂娜，咱不能让罗杰看出我们的心烦意乱是因为她，那样她会更得意的。你说关禁闭的时候我们会……”

“打住！”子岚立刻果断地打断了洛蒲的长篇大论，“对了……你们好像还没拿飞天滑板呢。”

“我们拿啦！”蒂娜、玛丽亚、洛蒲和夏米特指指鼓鼓囊囊的书包，“我们可不像你，把滑板露在外面。”

“嘿嘿，”子岚笑了笑，指着前面一片写着“滑板球训练场”的空旷地带说，“好像在这个训练场的左边……”

她们好像走错了。因为左边出现的牌子写的是“滑板竞速赛训练场”，而不是“飞行课专用场地”。

“再不到就要迟到了！”子岚心急如焚。

“别急，”蒂娜安慰道，“嘿，看——‘飞行课专用场地’！”她突然兴奋起来。

见到飞行课教授尼古斯时，蒂娜差点尖叫出声来：尼古斯无论是身材还是动作的敏捷，都和她在魔兽林遇到的那个偷独角兽血的黑影非常相像。

“迟到，一年级五班扣十分，一年级三班扣五分。”尼古斯冷冷地说。当他扫视的目光看到蒂娜时，他似乎愣了一下，但很快又归为平静。

“很好，很好。”玛丽亚悄悄地惟妙惟肖地模仿着罗杰那装腔作势的声音，“尼古斯扣十分。”

“哈哈！”洛蒲笑得前仰后合。尼古斯似乎没有听到，仍在专心地检查每个同学的飞天滑板。

“首先，我要教大家怎样控制滑板，不让它一载上人就疯狂地乱飞。”尼古斯几乎不喘气地说完，“我先给大家示范一下……吉尔特，下来！”

只见吉尔特已经站在了他的枭龙 2000 号飞天滑板上，左右晃动着板尾，在天空中自由飞翔。

“吉尔特！下来！”尼古斯简直是在歇斯底里地大吼，“一年级一班扣五分！”

“只扣五分。”蒂娜闷闷不乐地说，“我们迟到都扣了十分呢……真是偏心！”

“得啦，咱还不是真正的迟到呢……只不过晚了半分钟而已！”玛丽亚忿忿不平。

吉尔特从飞天滑板上轻松地跳了下来，满不在乎地拍拍手。可一年级一班的学生都发出不满的嘘声，因为他们的领先地位保不住了。

“真是偏心。”夏米特也开始悄悄发表自己的见解。

子岚没有说话。她正呆呆地看着吉尔特的书包——那里露出了半根魔杖。

“怎么啦？”蒂娜拍了拍子岚的肩膀。子岚只是呆滞地摇摇头，用口型说：下课告诉你。

突然，吉尔特慢慢地朝她们转过身……

下课了。子岚突然说想去一趟图书馆，便匆匆离去。蒂娜很是郁闷，但还是与洛蒲探讨起怎样对付罗杰。

“子岚去哪儿啦？”玛丽亚不经意间的一句话，引起了蒂娜的怀疑。

“糟糕！”突然，蒂娜猛地向图书馆奔去。

吉尔特……那根魔杖……子岚一定发现了什么……但是，吉尔特好像发现了子岚知道了魔杖的怪异……

一路飞奔。

“罗杰教授，请让一下！”蒂娜遇见了抱着一本教科书的罗杰，竟用了“教授”这个词，“请让一下！”

“很好，很好！我要给一年级五班扣——”

还没等罗杰说完，蒂娜便不见了踪影。“等等我们！”她隐约听到玛丽亚上气不接下气的喊声，但还是没有停下。

在图书馆的地板上，躺着子岚。

“对不起……我还是来晚了……”蒂娜急忙蹲下，子岚正在痛苦地挣扎。

看样子是中了刻骨钻心咒。蒂娜连忙举起魔剑，对准子岚的胸口，念出了一个咒语——似乎是出于本能，连她自己也愣住了：“快快复苏！”

子岚慢慢地站了起来，脸色苍白，只吐出断断续续的几个字：“吉尔特……法杖……”

蒂娜注意到，她的手里握着一张纸条。她连忙轻轻抽出，只见上面写着：

吉尔特是幽灵族人。

"我知道了。"蒂娜冷静地将纸团成一团，这个结果她已经想到了，"我送你去校医院。"

"不要……我要见……斯贝里……"子岚断断续续地说道，"噗"地一声，她吐出一口带血的痰。

"快走！"蒂娜不容置疑地说道，"呃，飞天滑板，迅速飞来！"

一只飞天滑板从玛丽亚的手里飞到这里，吸引了不少同学的目光，全都围了过来。

"让开！"蒂娜一边咆哮，一边左脚踏上了她的横扫7号飞天滑板。

她似乎无师自通，一上滑板便活动自如。紧接着，子岚被她带上了滑板。板尾来回摇晃，很快飞过了飞行课专用场地，来到了龙马德兰魔法学院的校医院。

"她中了刻骨钻心咒。"曼妮夫人一边认真听着蒂娜气喘吁吁的汇报，一边皱着眉头给子岚检查身体。当检查到说话能力时，子岚只吐出这么几个词："我要见……斯贝里……"

“好的，孩子。”曼妮夫人温柔地说，紧接着，她抬起头，“你可以回去上课了，蒂娜。”

“斯贝里让你去办公室。”一出校医院的门，便遇到了忧心忡忡的玛丽亚。

“把你知道的一切都告诉我。”斯贝里正在办公室里来回踱步，一见蒂娜来了，便沉着地问。

蒂娜叙述了整个过程，斯贝里竟然出人意料地平静。

“你一路上违反了十多条校规。”斯贝里轻轻地叹了口气，“不过……好吧，我承认这很值得。如果不是你及时赶到，子岚可能就要……”他没再说下去，“我想请你帮我一个忙。”他又叹了口气，此时显得那么无助。

“好的。”蒂娜毫不犹豫地答应了。

“不要告诉别人，吉尔特是幽灵族人。”

“为什么不让说吉尔特是幽灵族人？”玛丽亚看起来怒不可遏。

“你问我，我问谁啊？”蒂娜无奈地哀叹。

“说实话，我们的作业好像还有一大堆呢……别谈论这些行不行？”洛蒲戳戳她们，提醒道。

“哦，对……水仙枝条的论文……哈！我写完了！”蒂娜嘟囔一阵，突然欣喜地叫起来。

“啊，别叫唤……该死，我又写错了！”玛丽亚不满地轻声嘟囔着，第三次划去医务课论文中青果中含有的水分量。

“说实在的……明天我们还要关禁闭呢……作业真的写不

完。”洛蒲一边凝视着《历史课课本》，一边往一张卷子上抄。

与洛蒲走在去罗杰办公室的路上，蒂娜感到心里有点不踏实。少了四周“请插入通行卡”的叫喊声，校园里清静了许多，只是偶尔从滑板竞速赛训练场传来嗖嗖的声音。

“罗杰教授。”进了罗杰的办公室，洛蒲生硬地说。

“啊，蒂娜小姐，洛蒲小姐。”罗杰又用她那装腔作势的腔调说道，“很高兴你们来了……这次关禁闭很不同啊，”她咧开嘴，露出一个狡黠的笑容，“你们要帮我擦我办公室里的装饰品……抹布，迅速飞来！”她懒洋洋地挥动了一下魔笔，两块脏得看不出颜色的抹布一下子飞到了蒂娜和洛蒲的手里，蒂娜看见洛蒲厌恶地皱起了眉头，“看那里，是我的东西，你们要负责把它们擦干净。”

“很好，很好！”当她们被打发到那堆落满灰尘的装饰品前时，罗杰轻声说，“不许用魔杖或者魔剑。”刚刚想偷偷拿出魔剑的蒂娜只好失落地将魔剑放进了装剑的袋子里。

罗杰开始专心地眯起眼睛观察自己手上那些丑陋的老式戒指，此时，蒂娜正在擦着一个落满灰尘的玫瑰紫色的茶杯，上面刻着老式的蝴蝶结的图案，蒂娜的胃一阵搅动。

“真糟糕……在这里呆着，我宁可去背该死的变形课的定义……”洛蒲小声地发着牢骚，板着脸对付着眼前铺天盖地的飞扬的灰尘。

“咳，咳。见鬼！”蒂娜被洛蒲弄出的灰尘呛得直咳嗽，“你怎么搞的？”

“这个纹章……啊，全是灰，有点过分了！”洛蒲指着一

个只有一个拳头大的纹章。

蒂娜及时地止住了咳嗽，凑到洛蒲面前仔细地看着那个纹章，突然愣住了——

找到另一半。

熟悉的字迹。

突然，那个纹章发出了微弱的光芒，紧接着，蒂娜的魔剑也发出了微弱的光辉。纹章上的字变了。

古老的魔剑。

蒂娜一愣。

“蒂娜小姐，你在做什么？”身后传来了罗杰嘲弄的声音，蒂娜连忙低下头去，装作对付一只从灰尘中飞出的小甲虫。

“如果你认为这里是供你玩的地方，那么我很遗憾地告诉你，”罗杰露出一个令人作呕的微笑，手上的老式戒指发出刺眼的光辉，“明天，你还要来这里关禁闭。”

“不行！”洛蒲下意识地小声发泄不满，“作业根本就写不完了！”她愠怒地狠狠擦着一个难看的怀表。

“很好，很好！一年级三班扣十分。”罗杰又露出了那种难看的笑容。

“见鬼。”蒂娜刚刚恶狠狠地说完，一愣，突然看见纹章上的字又变了——

本章属于厄尔尼诺家族。

厄尔尼诺家族?

“怎么回事? 你怎么又给自己搞了个禁闭? ”子岚一听到这个消息，便一下子从病床上坐起来。曼妮夫人惊叫着扔下手里的药剂粉袋子，飞快地将子岚摁回病床上。

“我都说了，罗杰就是在找茬。”洛蒲闷闷地拆开一袋子岚病床旁边桌子上的怪味跳跳糖。

“唉，不容易啊。”玛丽亚叹了一口气，从袋子里拿出一个咖啡色的跳跳糖，丢到嘴里，“啊，是牛肉干味的……对了，蒂娜那篇关于水仙枝条的论文能不能借我看看啊? 你最好了! ”她可怜巴巴地望着蒂娜。

“不能互相抄。”子岚坚定地说，“我可以借你笔记……”

“算了，还是我借你吧。”蒂娜思索着厄尔尼诺家族，随口说道。

“明天你要去关禁闭……作业怎么办? 那篇青果论文，呃，我可以借你抄。”洛蒲怯怯地说。

“别傻了，你抄那个还不如抄历史课发的卷子呢! ”玛丽亚厉声说，“我都写完了! ”

“得了吧你! ”洛蒲嗤嗤地笑着，“我看你都把叛乱的日期写错了! ”

“别吵啦。”夏米特指了指正在一旁沉思的蒂娜，“她怎么啦? ”

此时此刻，蒂娜还在想那个罗杰的纹章和神秘的厄尔尼诺家族。听到这句话，她回过神来，问道：“你们知不知道厄尔

尼诺家族？”

“我好像听说过。”子岚说，“等我好了我给你找找……不过话说回来，你问这个干什么？”

“没什么。”

“得啦！”玛丽亚用一种生气的口吻说，“别以为我没看出来你这几天心事重重的。快说吧，有什么事？”

蒂娜一愣。到底说不说呢？

“听力全无！”左思右想后，蒂娜仔细地对着每个门都施了听力全无咒，“我是预言中的那个人。”

她能感受得到伙伴们的震惊。过了半晌，玛丽亚轻轻地打破了沉默，“这么说，那个五角星……？”

“没错。”蒂娜承认道，“而且在五角星里……有一个人，他的名字叫阿不思。”

“阿不思，五百年前的魔法族族长！”突然，子岚大声叫起来，把大家吓了一跳。

“请先听我说完。”蒂娜感到肩上一阵灼痛，是那个五角星胎记，“我拥有三族的魔力……而且，”她张开左手，当大家看见那个图案时都大吃一惊，“我拥有一只独角兽。”

“没错。”子岚喃喃地说，“完全吻合……”蒂娜没有理睬她，继续说下去。

“我在列车上领奖品时，得到了一个这样的小镜子。”蒂娜拿出了那个青铜色小镜子，“上面写着‘另一半’。还有，一个书的图案，上面打了一个‘×’。”蒂娜轻轻地抚摸着那一行小字，突然觉得是那样的亲切，那样的熟悉，“我在魔剑上也发现了一行小字，上面写着‘三种神器结合，’最后结尾是逗号，没写完，但是字迹与镜子上的字迹完全相同。

“还有，我在罗杰那里关禁闭时看见了一个会变化文字的纹章，那里无论变成什么字都是与它们同样的字迹……”她看到了洛蒲惊讶地张大了嘴，“我想，这一定有什么联系……那个纹章一开始显示的是‘找到另一半’，后来又变成了‘古老的魔剑’，最后，”她咽了咽唾沫，“最后，变成了‘本章属于厄尔尼诺家族’。所以，我才会问你们……”蒂娜的声音小了下去。

“没错，蒂娜，我想你的魔剑就是那个写字的人说的一种神器。”出乎意料地，子岚轻轻发话了，“那个人……我们必须找到他……或者说，我们必须搞到那个纹章。”

“什么嘛，那是‘很好，很好’的东西！”洛蒲恶狠狠地重复着“很好，很好”。

“我们先回去吧。”突然，玛丽亚发话了，声音嘶哑、低沉，“已经很晚了……”

“好吧。”蒂娜十分惊愕，但还是满口答应。

“再见。”洛蒲挥了挥手，低声说，“我回去给你论文和卷子……”

“好的。”蒂娜叹了口气，看来她又得熬一个通宵了。

“我看看你的论文……”玛丽亚喃喃地说。自从从医院出来以后，大家好像都不爱说话了，还沉浸在惊讶中，“至于卷子……洛蒲，能借我看看吗？”

“没问题……”

突然，夏米特的双眼直勾勾地盯着学校的告示栏：“看呐！滑板竞速赛的通知！下个星期就要选拔！”

滑板竞速练习

果然不出所料，蒂娜熬了一个通宵，搞定了卷子和论文。其实她大部分时间都在思考那些神秘的字迹。不过她很高兴玛丽亚也在一旁念念有词地默写魔法族的特产，又转移了一个令人愉快的话题：滑板竞速赛的选拔。

“好像是先在班级里选拔，再到级部里比赛。”玛丽亚写着写着，突然神往地抬起头，“得了第一名的班级可以加上一百分呢！蒂娜，我们要加油啊！”

“嗯，好的。”蒂娜正在专心致志地抄着洛蒲的历史课卷子，漫不经心地应了一声。

“唉，好想打滑板球啊……”玛丽亚还在喋喋不休。

“打住。”蒂娜厉声说，“如果你还想默写正确，就别再说话了。你看，你又把跳跳水果红萝卜的产地写错了。”她指着玛丽亚的作业本，“是马交市，而不是青铜市。”

“好吧，好吧。”玛丽亚不情愿地承认。没有了说话声，只剩下了笔尖沙沙写字的声响和洛蒲轻轻的鼾声。

“嗯，今天下午四点以后都没有课……我们去练习飞天滑板怎么样？”玛丽亚研究着课程表，兴致勃勃地建议道，“别忘了滑板竞速赛……第一名能得一百分呐！”

“好了，我可不希望你在这节幻影课上再大喊大叫……”子岚已经出院了，一边说着，一边皱着眉头将通行卡插入石头雕像的嘴，“说实在的……我还是觉得学习更重要。”

“书呆子。”玛丽亚嗔怪道。

“哼，”子岚故作高傲地昂了昂头，“等着瞧吧……”

“同学们好。”唐克斯教授沉稳地说，“请坐到你们的座位上，不要再交谈了。”

“我们今天只是练习飞行。”玛丽亚反反复复地强调着滑板竞速赛的规则，“到时候可是要抓住那只飞行速度极快的银球才行……”

当她们来到滑板竞速赛训练场的时候，里边已经站满了一年级一班的拿着飞天滑板的同学。吉尔特正在场地中央训练，他飞速地俯冲下来，博得了阵阵喝彩。

“很好，很好。”玛丽亚恶狠狠地学着罗杰的语调，“这下我们没地方练了。”

“我去跟他们说说。”蒂娜坚定地走向前去。

“你们想练？”吉尔特夸张地扫视了一下训练场，“对不起，已经没位置了啊。”蒂娜明明看到在场地的右边有一大片空着的位置，可吉尔特还是这么说，“明天再来吧。”他挤出一个调侃的笑容，“今天这里已经是我们的训练场了。”

蒂娜二话不说，拎起飞天滑板朝着那片空地走去。

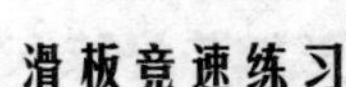

“没听见吗，走开！”吉尔特恶狠狠地抽出自己的法杖，子岚看见尖叫了一声，“赶快离开！想打架吗？”

蒂娜也毫不示弱地抽出自己的魔剑，朝吉尔特送去轻蔑的一瞥。“如果打架，我随时奉陪。”她说着一边举起魔剑，一边安顿好自己的飞天滑板。

“很好。”吉尔特一挥法杖，“我还是不要跟一个女孩子计较。”他把“女孩子”三个字咬得特别重。

“过来吧。”蒂娜轻轻招呼玛丽亚，子岚像是刚刚睡醒一般，一愣，连忙跑过来。

“无声无息！”突然，吉尔特出其不意地发射了无声无息咒，脸上浮起一丝得意。

蒂娜纵身一跃，一下子越过了那道蓝色的魔光，嘲弄地说道：“你的魔咒还需要再练习啊，吉尔特。”一年级一班的同学尖叫着，很快离开了滑板竞速赛训练场。玛丽亚、子岚、洛蒲等人也知趣地放下滑板暂时离开了训练场。

微风吹拂着蒂娜的发梢，她握紧了魔剑，紧盯着吉尔特，轻轻地说：“你是幽灵族人，对吧？”

她能感觉得到吉尔特内心的不安与愤怒：“是那个混血的家伙告诉你的吧？”他狠狠地挥动着手里的法杖，突然大吼一声，“万箭穿心！”

“我说过，你还需要练习，吉尔特。”蒂娜懒洋洋地从魔光上迈过去，“你不知道在魔兽林发生了什么。我在这样二十多道红色魔光中跳来跳去，还毫发未伤，你认为你伤害得了我，嗯？”她看到吉尔特惊愕的样子，感到十分快意，“那可都是你的幽灵族的同胞啊，吉尔特。”

“刻骨钻心！万箭穿心！”吉尔特声嘶力竭地吼叫着。蒂娜轻巧地跳过那两道魔光，紧接着举起了魔剑：“对不起……我本不想施咒的……”她抱歉地说道，“速速捆绑！”

吉尔特双眼瞪得圆圆的，手和脚一下子“啪”地贴在了身上。“这是全身捆绑咒……抱歉啊，吉尔特。”她将魔剑装入袋子里，拍了拍手，准备叫玛丽亚她们回来练习。

“一个非常漂亮的捆绑咒。”突然，一个熟悉的声音在耳边响起，“非常漂亮，蒂娜。吉尔特，当然啦，你的咒语也非常不错，只是遇到了这样一位躲咒语的高手，没法发挥它们的效用。”是斯贝里，正笑眯眯地看着他们。

“不过，吉尔特，我很抱歉地告诉你，你挑衅同学，又使用了非法咒语，一年级一班不得不扣五十分。”他看到吉尔特惊讶地张大了嘴，又不急不慢地说，“不过我不会告诉大家你用了黑魔法……因为那是幽灵族最擅长的……”斯贝里眨了眨眼。

“好了，我不想说太多了……蒂娜，你的朋友都在外面等着呢。至于吉尔特，我想我还是给你解开这个咒语吧。”他心不在焉地说了声“解咒”。

“嘿，等等我！你飞得太快了！”在训练场内，蒂娜的身后传来了玛丽亚气喘吁吁的喊叫。

蒂娜散开的长发在空中随风飘荡，此刻的她正站在飞天滑板上飞快地在天空飞翔，像一只翱翔的小鸟，灵活地围着训练场转圈——后面跟着摇来晃去的子岚、气喘吁吁的玛丽亚和小心翼翼可在她们里面还算很好的洛蒲。

“好吧，好吧，神奇动物课的默写……我还没背过呢！”蒂娜隐约听到身后传来了子岚大声的喊叫（因为空中飞翔时听得不太清楚），“饶了我吧……我想回去……”

她们知道子岚最恐惧的一门课便是飞行课。此刻，玛丽亚犹豫了一会儿，终于答应了她这已经说了不下十三遍的请求。子岚开开心心地跳下滑板。

“我们也该回去了。”蒂娜认真地说，“更何况我剩下的作业比你们多得多……”

“好吧，我们还得练习抓银球呢……今天我可不陪你熬通宵了……”玛丽亚打着哈欠，“我想神奇动物课的默写还可以拖一拖……啊，见鬼！明天有神奇动物课……糟糕，幻影课的定义我还没背呢……”

路过魔咒课教室，蒂娜满意地看到一年级一班的分数变成了一个“漂亮”的“0”。

“唉，今天的作业实在是太糟糕了……”玛丽亚闷闷不乐地扳着手指，“神奇动物课布置的一篇论文、幻影课布置的练习和写一写‘让眼前出现一个罐子’的要领以及精神感能课布置的练习和一张卷子……上午就这么多作业……幸好下午只有一节种族课……再加上我还没写完的神奇植物课默写和变形课的练习……天哪！”

“打住，我的比你更多，而且还得抽时间琢磨琢磨那个厄尔尼诺家族。”蒂娜及时打住了玛丽亚滔滔不绝的作业总结讲话，“别忘了你的滑板竞速赛。”她半开玩笑地提醒道。

“行行好吧，”子岚忙不迭地说，“我可不想练飞行了……我还有很多带来的书没有看呢，不过回去要先写作业……”

“好好好。”蒂娜连忙说。

“我还得给你查查那个厄尔尼诺家族呢。”她嘟囔着，“真是的，我好像在哪见过这个名字……”

“咦，‘春夏秋冬银行’，”玛丽亚突然紧盯着一块体面的牌子，“竟然在学院里……蒂娜，我想你可以去拿钱了。”她愉快

地向那里走去。

“嗯。”蒂娜一边欢快地走进春夏秋冬银行，一边说：“这个名字真别致啊。”

“嗯。”子岚喃喃地表示赞同，蒂娜怀疑她仍在回想着幻影课的“让眼前出现一个罐子”的定义。

一进门，蒂娜简直惊呆了（以前是卢尔特给她取钱）。这个银行给人一种神秘的感觉：水晶的大吊灯挂在褐色的天花板上，一摇一晃，有时发出不祥的“咔嚓”声；一张木头制成的办公桌摆在大厅中间，上面摆满了墨水笔以及一大瓶黑乎乎的墨水，在它们的旁边有一摞比字典还厚的用户记录本；最奇怪的是那些银行的职工，他们又尖又有点长的大耳朵微微下垂，双眼全都是冰蓝色的，而装束更是千奇百怪。

“是精灵。”子岚略带惊异地说，“《历史课课本》上讲到了他们是负责看管各族银行的……”

“办什么业务，小姐？”一个嘶哑低沉的声音从那个木头办公桌的上方传出，“取钱？存款？查看余额？办理新账户？”他分别用那又短又细的手指指着那本用户记录本。

蒂娜一惊，这是一个衰老的、脸上有许多皱纹的精灵，他穿着一件墨绿色的外套，里面套着一件滑稽的、呈墨水那种黑乎乎的颜色的衬衣，使蒂娜不禁想到那件衬衣不是这个颜色，而是被墨水染成这种滑稽的颜色的。此刻，他正在用那双冰蓝色的眼睛直勾勾地盯着蒂娜，蒂娜顿时有一种被穿透了的感觉。

“小姐，龙马德兰的吧？”老精灵彬彬有礼地说，“在下名叫比尔，请问小姐是办什么业务的？”他再次不失礼貌地问了一遍，但那双眼睛仍盯着蒂娜。

“我来取款。”蒂娜连忙说，并拼命背出金库的房号，“呃，是6088号金库。”

“啊，多么吉利的数字！是古锡莱先生的女儿吗？”比尔毕恭毕敬地说道，“请跟我来。”

蒂娜与玛丽亚对视了一下，跟在比尔身后向一个黑色的小门走去。到了门口，比尔伸出自己的手指，摁在门上的一个凹进去的小洞中。

“吱啦”一声，门开了，前面出现的是一条向下走的、长长的楼梯。比尔随手一挥，楼梯下面便亮起了绿莹莹的灯光，蒂娜好奇地盯着那些不起眼的楼梯，感到很神奇。

“啊，这是运用了荧光闪烁咒的设置吧？”子岚似乎看出了蒂娜的好奇心，便一语道破天机。

“没错，小姐，真聪明。”比尔笑眯眯地回过头来称赞道，“是尊敬的斯贝里先生设置的，非常方便……不过还运用了指纹感应咒，小姐。”

“原来如此……”

楼梯旋转着向下通去，蒂娜此刻已经腰酸背痛，玛丽亚正在一旁不满地喘着粗气：“天哪……累死了……还要走多久啊，早知道我就不下来了……”

“小姐，不用着急，”（玛丽亚听到此话暗暗反驳：“我可不是着急，只是这路太该死了。”）比尔脸上再次绽开一个讨好的笑容，“很快就到了。”

似乎过了很长时间，蒂娜才看见前面出现了一个小小的、同刚才进来的那个一模一样的门，上面挂着一个生锈的铁牌，蒂娜费力地眯起眼睛才看清上面的数字：6088。

“小姐，到了。”比尔微微一笑，“伸出你的手指，摁在这个按钮上，”蒂娜连忙照办，上气不接下气地将手指摁在上面，“嗯。”老精灵点点头，目不转睛地盯着那个按钮。手指一接触到按钮，按钮便发出一道绿光。

“啊，蒂娜小姐，真的是你。”比尔若有所思地点了点头，将自己的手指也摁在按钮上。“吱”地一声，小门打开了，比尔做了个手势，请她们进去。

蒂娜莫名地激动起来，心加速地怦怦跳着，踏上了她父母金库的门槛，不由得向里面张望。

里面射出一道银色的刺眼亮光，令蒂娜眯起眼睛。她抬起头，向前走去。

里面堆着的，是一大堆明玉[①]做的圆形物体，闪着银色的圣洁光芒。它们几乎堆成了好几座山，三座比蒂娜还要高出一根魔杖的小山此刻矗立在她面前。她俯下身去，随手拾起薄薄的一枚，只见上面刻着“一元灵币”的字样。紧接着，她又依次发现了“五元灵币”“十元灵币”“二十元灵币”“五十元灵币”，最夸张的是“一百元灵币”，足有十个一元的灵币那么厚。偶然间一回头，蒂娜发现玛丽亚正张大了嘴巴，直愣愣地盯着蒂娜父母留给她的一大笔遗产；子岚显然也吃惊不小，不过过了五分钟就恢复了正常。

“给，小姐，取钱的皮袋，要三元灵币。”比尔深深地鞠了一躬，递过来一个灰褐色的皮袋。蒂娜接了过来，顺势从地上捡起三枚一元灵币递给了比尔。

---

① 指地球上的玉石。

当她们走出金库时，蒂娜口袋里皮袋里的灵币不时发出“叮叮当当”的碰撞声。

下午，蒂娜已经坐在种族课教室里，在《种族课课本》上胡乱地记着笔记。

“你记错了。”子岚指责道，“看，幽灵族的这个特产应该是‘星星鱼’,而不是‘星星雨’。”蒂娜心不在焉地划去那个词，又在后面补上新的笔记。米纳斯教授正在用她那一成不变的声音大声宣读着幽灵族有哪些特产，蒂娜干脆放下墨水笔，与一旁也同样放弃记录的玛丽亚一起疲惫地看着子岚在一旁奋笔疾书。

“泪鱼，也是幽灵族的特产……”米纳斯教授照着她的书本大声念着。玛丽亚打了个哈欠，从桌洞里翻出神奇动物课的论文，蒂娜瞅了一眼，上面只写了一个开头。蒂娜也疲惫地悄悄拿出精神感能课的卷子，无奈地看着第一题。

“喂，上课不能写作业。”夏米特在一旁装作米纳特教授的嗓音提醒道，把玛丽亚给吓了一跳。

“真是的……”玛丽亚揉着胸口，一边看着米纳斯教授确保她们不被发现，一边小声抱怨，“你吓死我了……”

“得啦，都别说话了。”洛蒲正色地打断了玛丽亚的长篇大论，威胁道，“再说话我给你们施无声无息咒！”

“嘿嘿，开个玩笑嘛！”夏米特笑嘻嘻地说。蒂娜此刻正聚精会神地想着精神感能课的卷子上的第三题,一下子被打断，不禁皱起了眉头。

“作业，老规矩，背诵并默写幽灵族的特产以及它们的相关内容。”米纳斯教授终于结束了她那枯燥的讲话，此刻正在布置作业，“下节课我收。等等，作业，迅速飞来！”她一挥魔杖，三个班的默写纸一下子飞到空中，迅速地向着她飞去，蒂娜看出夏米特很想抓到自己的默写纸再检查一下。

“我现在最讨厌的课就是种族课了。”夏米特一边气喘吁吁地跌坐在椅子上，一边闷闷地发着牢骚。

自从蒂娜、玛丽亚和洛蒲入住以来，寝室里便不断地响起大声抱怨的声音，但更多的时候是安静得令人感到奇怪，因为她们要么是在埋头写作业，要么是在思考一些关于用哪种草药、这种东西的产地是哪里等等的问题。这几天，蒂娜已经淡忘了那个令她不安的厄尔尼诺家族，全身心地练习滑板飞行——或者是在寝室里奋笔疾书，飞快地应付着明天就要交的作业。

“我们去练习滑板飞行吧，等等，让我看看——啊，糟糕，后天就要班级评比了，每个班只选一个人！”玛丽亚愤怒地放下《种族课课本》，突然如梦初醒地大叫起来，“快去练习吧！”她抽出蒂娜正在上面奋笔疾书的论文纸，又不耐烦地将洛蒲正在看的《精神感能课课本》打翻在地，“走啦！”

“呃，好的。”蒂娜和洛蒲同时应道，前者将划了一道墨水笔痕迹的论文纸用墨水消失笔把痕迹消除得干干净净，而后者则将《精神感能课课本》捡起，随手扔进了书包。

三人拿起飞天滑板，叫上了子岚和夏米特，不紧不慢地向滑板竞速赛训练场走去。

由于多次训练，这条小路已经变得很熟悉了。蒂娜一路上一边迈着轻快的步子与玛丽亚、洛蒲和子岚谈笑风生，一边背诵着种族课的幽灵族特产。子岚也理所当然地一边聊天一边背诵着变形课的概念。

“喂，你们两个怎么啦？一路上念经似的。”终于，夏米特似笑非笑地指出了这个问题。

“谁让作业那么多呢。”蒂娜佯装泄气地说道。

“好啦，到咯。”玛丽亚俏皮地一笑，“没有人哦！”她轻松地将飞天滑板甩在地上。

“哦，谢天谢地。”洛蒲猛地将滑板从身上抖落，“这玩意儿重死啦……好了，我要练习了。”她站上了飞天滑板，板尾来回摆动，很快飞上了天空。

“真是的，也不等等我们。“蒂娜嗔怪道，费了好一番功夫才将飞天滑板从身上取下来，“不过你说得对……‘这玩意儿重死啦’，非常正确。”蒂娜咕哝着，也踏上了滑板。

“我们必须得拿第一……我可不希望现在倒数第一的一年级一班的那个吉尔特当上了冠军！”蒂娜第一次听到子岚的声音中出现了轻蔑和嘲弄，“我看我是不行了……”她的语调又轻快起来，“蒂娜，加油啊！现在我们这几个人里面只有你飞行得最好了！”她鼓励地眨了眨眼，可惜蒂娜没有看见——因为她已经比子岚多飞了三圈半，此刻正在聚精会神地盯着前方。

“蒂娜，加……哎哟！我的天哪！”

玛丽亚这声惊恐的尖叫，使得蒂娜不得不转过头去。只见子岚摇摇晃晃地，伴随着她自己的一声尖叫，竟从空中摔了下去！

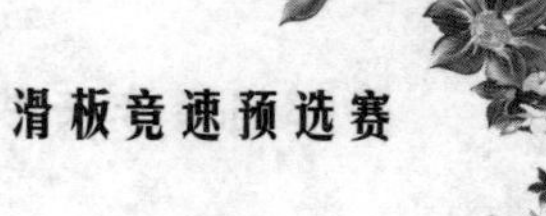

蒂娜心一凉。

突然，她感到肩膀上的五角星一阵火烧火燎的疼痛，紧接着，她身不由己，好像她的身子不受自己控制了，猛地向下俯冲过去。她明白自己是几乎不可能做到的，但还是飞快地向下俯冲。她感到自己可以控制自己的身体了，但还是向下飞去。空气流动的哗哗声在蒂娜耳边响起，她已经用最快速度了。

但还是慢了一步。子岚眼看着就要撞到地面了。此时此刻，蒂娜下意识地举起魔剑，大声念出了一个《魔咒大全》上的咒语："浮于空中！"

子岚神奇地停止了下降。很快，只听"咣当"一声，子岚的飞天滑板掉到了地上，但神奇地没有摔坏——这质量可真好啊。

玛丽亚倒吸了一口凉气，指着子岚与蒂娜说不出话来；洛蒲也停止飞翔，转过头来，脸上更多的是好奇——蒂娜猜想她想知道的是自己从哪里知道了这个咒语；夏米特脸上出现了少有的沉思的表情，但刹那间又恢复了正常。蒂娜没有打破沉默，而是迅速地来到脸色煞白的子岚身边，把她扶回地面，从飞天滑板旁边绕过去，让子岚坐在看台上。

等等！那个飞天滑板！

蒂娜转身过去，仔细地观察着那个飞天滑板。这几天子岚进步已经很大，不可能突然就从滑板上摔下来！

突然，蒂娜的心一凉。

在滑板的风能轮子上，少了一个青色的飞翔铁钉。而上面，残留着一丝幽灵族灵气的痕迹。

“嘿，蒂娜，你可一定要加油！”去滑板竞速赛训练场的路上，玛丽亚一直在喋喋不休，“唉，今天就要选举了——现在一年级一班应该刚刚比赛完……我的天哪，万一我掉下去了可怎么办呢？”

蒂娜默默地走着，不知怎的，竟像子岚一样轻轻背起了幻影课的概念。

夏米特和洛蒲不知怎么，一直默不作声。

很快，到了训练场的门口。

起初，蒂娜差点被里面的欢呼雀跃声吓晕过去。她颤颤巍巍地走进去，定睛一看。只见一年级一班几乎是所有的同学都在座位上欢蹦乱跳，嘴里发出含糊不清的欢呼声。这时，蒂娜看见她最不希望见到的学生吉尔特正举着滑板在写着“第一名”的台子上挥动着那只抓着银球的手，那样子真令蒂娜恶心。

“吉尔特得了第一？”洛蒲这时才不敢相信地失声叫道——反正在这里，再怎么大声也几乎没人能听得见，“怎么可能？他差点害死子岚啊！”

“我看这次，学校看重的不是品行，而是技术！”夏米特闷闷地说道。

“我宣布：一年级一班的学生代表是吉尔特！”主持台上传出声音。蒂娜循声望去，是那对一年级一班里的双胞胎中的拉文德，“一年级二班候选人入场！一年级三班候选人准备！”

洛蒲的嘴唇蠕动着，颤颤巍巍地抓住飞天滑板，与比较自信的夏米特一起向候赛区走去。

“你们一定会赢的，我保证。”玛丽亚信誓旦旦地说。洛蒲看起来放松了一些，但双手仍微微发抖。夏米特拍着洛蒲的肩膀，渐渐地消失在蒂娜和玛丽亚的视线中。

二班的竞选两人都心不在焉。当拉文德宣布“一年级三班候选人入场”时，她们才睁大了眼睛。

洛蒲站在队伍的正中间，夏米特紧挨着她。她们看起来都镇定自若，站在飞天滑板上凝视着前方。

“开始！”拉文德一声令下，夏米特和洛蒲便如同一支箭一样冲了出去。二十多个人在空中翱翔，很快分出了高下：飞在最前面的无疑是洛蒲，但还有一个蒂娜不认识的女生与她并肩同行。夏米特紧跟在洛蒲身后，但一个男生很快追了上来……

“啊，现在是洛蒲与千迪影在队伍的最前方……”拉文德的解说从主持台传出。

原来她叫千迪影。

“她们看到银球了……啊，千迪影抓住了银球！手只比洛蒲快了 0.00000001 秒钟！”拉文德夸张的解说引起一片哄笑，但站在一旁的尼古斯很快用冰冷的眼神制止了大家，“我宣布：一年级三班的学生代表是千迪影！”听了这话，玛丽亚叹了口气。

时间飞逝，蒂娜也心不在焉，直到听到主持台上传出拉文德疲惫嘶哑的“一年级四班候选人入场！一年级五班候选人准备！”声音后才回过神来，捅捅玛丽亚，轻声说：“到我们了。”说着，她拿起飞天滑板，拍拍坐在一旁刚回来目光呆滞但现在开朗一些的洛蒲，与玛丽亚一起向候赛区走去。

“不知道子岚在宿舍里怎么样了。”玛丽亚一边嘟囔着，一边抓稳差点掉到地上的飞天滑板。

“一年级五班候选人入场！”

蒂娜紧抓自己的飞天滑板，走进了赛场。柔和微风吹拂着她的发梢，使她感到阵阵惬意。观众席上人头攒动，蒂娜把滑板放在地上，踏了上去。

“开始！”

随着拉文德的一声令下，所有的选手都飞快地冲了出去。蒂娜拼尽全力地向前飞去，耳边呼呼的风声顿时响起。她能感觉得出自己已经飞到了空中，她轻松地呼吸着空气。前面没有一个选手，这证明她是第一名。她在空中东张西望，寻找着银球的踪迹，但是连个银色的影子都没看见。

很快，她感到身后也有了强烈的气流波动。她悄悄地回头一看，是玛丽亚和乔治以及一个她不认识的男生。

银球在哪里?

突然，她看到一个银色的小球在高空中一闪而过。是银球！蒂娜飞快地向上冲去，但后面那个不认识的男生很快跟了上来。她手心紧张地沁出了汗水。

突然，蒂娜感到被撞了一下，紧接着那个男生的身影出现在了她的前方。

“刚才那个卑鄙的行为……蒂娜被挤到后面去了！”拉文德在主持台上大喊。

见鬼！蒂娜刚刚想喊出来，却看见银球在男生的耳边迅速飞过，一道银光一闪而过，但他没有抓住这个好时机。蒂娜露出了惊讶的笑容，紧跟着银球，向下俯冲过去，玛丽亚跟在她身后飞下来……

紧接着，蒂娜停止了俯冲。她胜利地举起手臂，小小的银球被她攥在手里。

她的四周响起了热烈的掌声与一浪高过一浪的欢呼声。她陶醉在观众们的呼声中，忽略了吉尔特那份异样的目光……

下午的飞行课上，一年级五班同学敬佩的目光一直追随着她。其实经过这一次滑板竞速赛，好多人都努力练习，飞行课几乎变成了自由活动课。当然，子岚还是没有来。

下课了。

玛丽亚轻松地背着飞天滑板，刚刚下意识地看到告示栏，便吃惊地张大了嘴，读出了上面的内容："明日起，将进行副校长竞选的学生投票，一个星期后截止。"她不敢相信地瞪大了眼睛，"呀，真是不可思议！"

蒂娜一愣。

副校长竞选

第二天的魔咒课，每个同学手里都发到了一张副校长竞选选票。斯贝里庄重地把它们发下去，再三强调要认真填写："好好保存这张选票，要认真填写……"

"哈，打死我也不投罗杰。"洛蒲看着选票，眉飞色舞地说，"我想想……我要投，嗯……维金教授吧！虽然我不是很喜欢变形课……"她低头看着那张选票，做出了选择。

"嗯，"蒂娜深表赞同，"我坚决不投罗杰。"她在选票旁边的论文纸上不情愿地写上了医务课布置的论文的题目，"见鬼吧，今天下午就有医务课……就凭这么一大堆作业也就没人投罗杰了。"她打了个哈欠。

"啊，就是。"玛丽亚抽出《医务课课本》和一张论文纸，"我的论文已经写完了。我借你抄抄吧？"

"不胜感谢。"蒂娜疲惫地接过论文纸，"我打赌我上次的医务课论文一定得了个'不及格'。"

"蒂娜，借我你的精神感能课的卷子看看。"洛蒲心不在焉地说道，偷偷地看了一眼玛丽亚的论文纸，突然装着罗杰的样

子板起脸来，“很好，很好。玛丽亚，你这个词又写错了……”

“得啦，别学那个讨厌的罗杰了。”玛丽亚把论文纸又抽回来，用墨水消失笔在上面狠狠地擦着，“现在好啦。”她又将论文递回来，“种族课的默写……”

下午，她们坐在了散发着一股苦药味儿的医务课教室里，蒂娜看见她们一年级五班还是名列第二，暗地里松了口气——一年级三班当然是第一。

她发现，罗杰好像很想当上副校长，因为她已经在讲课的时候暴露出了自己的思想：“今天你们已经有副校长竞选的选票了，想想医务课多么有趣吧……”

“如果医务课也算有趣，那种族课都称得上是‘良好’了。”洛蒲小声地抱怨，但很不幸地被罗杰听到了，“啊，很好，很好。一年级三班因为洛蒲扣了十分。”

洛蒲刚要张嘴反驳，夏米特便劝说道：“别这样，罗杰一向都特别不讲理。”

洛蒲看起来镇定了一些，低头默不作声地看着《医务课课本》。蒂娜不禁在心里暗暗赞同洛蒲的观点。

“下面我们要第一次用到魔药锅，熬制的药剂是一种对你们来说很难调制的药剂——”罗杰笑容可掬地说，就好像把刚刚给洛蒲扣分的事忘得一干二净一般。她从她那镶满了花眼的宝石的背包中拿出一个魔药锅。

“啊，我预感今天的作业肯定很多。”玛丽亚抱怨道，“一听这个主题……”

“——咳嗽药水。”罗杰面带假惺惺的微笑说道，“好，我想问大家一个问题……”她轻轻地翻着自己的那本陈旧的《医务课课本》，“这种药剂需要哪些材料？”

子岚高高地举起了手臂。罗杰扫视教室，连角落都不放过。直到确定只有子岚一个学生举手的时候才不情愿地说：“好吧，子岚，你来说。”

“我们需要用到前面说到的青果和干咳菜，以及神奇植物课上学到的米蹄叶、麻豆。”子岚自信地站起来，连书都没看一眼，便掷地有声地背诵出来。

“乱七八糟的……”夏米特抱怨，与此同时，子岚一下子坐下，拿出她的墨水笔，在《医务课课本》上飞快地书写着刚才的名称，但这无疑是不需要的——因为她刚刚回答出了这个问题，况且这些课本上都写着呢。

“好吧，完全正确。”罗杰不情愿地承认（“她就是不喜欢一年级五班和一年级三班。”玛丽亚愤愤不平地说。），“好吧，好吧，一年级五班加五分。”她含糊地说道，但后面墙壁上一年级五班的分数立刻上升了五分。

“拿出魔药锅。很好，现在——”她抽出魔笔，“青果、干咳菜、米蹄叶和麻豆，速速显形！”

每个同学的课桌上立刻出现了这些材料。“开始制作吧！”罗杰宣布道。

蒂娜手忙脚乱地照着书上的步骤把魔药锅用医务课必备的清水器装满水，并在底下用点火器燃起火焰。她再次看着书，按照下一条步骤把青果切成小片，放入锅中……

很快，蒂娜锅里的药剂成了一种绛紫色的粘稠液体，而书上说应该已经变成淡粉色了。她瞅了一眼玛丽亚的魔药锅，更

糟糕，里面装满了深绿色的固体，发出阵阵干咳菜汁水的难闻气味；洛蒲的魔药锅里是一锅深褐色的浆糊，可她仍在执迷不悟地往里加着麻豆，以至于浆糊变得更加粘稠了；夏米特的药剂还好一些，现在起码还没有变得粘稠，虽然已经变成了深蓝色。

蒂娜扫视全班，好像只有子岚的药剂变成了淡粉色。

"啊，很好，很好。"当罗杰路过她和洛蒲的魔药锅时，满意地微笑道，"恭喜你们，这次的药剂得了一个'很差'。"她用消失咒将她们的魔药锅清理得干干净净，"因此，我要给一年级三班和一年级五班各扣十分。"

这太不公平了，蒂娜愤愤不平地看着拉文特的魔药锅，里面是一锅干燥的黑色固体，发出阵阵烧糊的气味，可罗杰只是给了她一个"不及格"。

下了课，她们走到公告栏前——斯贝里说，上面写了各个教授的选票数。果不其然，上面已经呈现出各个教授的名字以及他们的票数，以条形统计图的形式展现出来。

"看吧，真见鬼！"洛蒲一看，便皱起了眉头，大声嚷嚷，"就凭她，也能当上第一？"

顺着洛蒲的目光望去，蒂娜发现罗杰的那个长条已经是最高的了，上面显示了"34 票"的字样。她不禁怒火中烧，不仅仅是因为这个，也是因为她真心拥护的维金教授是名列第二，而票数只有 27 票。

"很好，很好！"蒂娜恶狠狠地从书包里一把抽出自己的选票，在维金教授下面的空格打了一个"√"，并把它使劲地投进选票收取机里。

维金教授的选票数字立刻加了 1。洛蒲、玛丽亚、子岚和夏米特见状，也纷纷投了维金教授一票。一年级一班的拉文德和拉文特犹豫了一下，也投了维金教授。这样一来，洛蒲脸上便浮现出了笑意，因为维金教授和罗杰已经并列第一了。

第二天的医务课上，她们看见罗杰一进教室就阴沉着脸，声音变得低沉粗哑。

“显然，她在为选票的事不高兴。”快下课时，蒂娜一边搅拌着魔药锅，一边兴致勃勃地说，“啊哈，她不高兴的样子比满脸堆笑的样子好看多了……”

“安静！啊，蒂娜、洛蒲，又是‘很差’。一年级五班和一年级三班各扣十分！”

蒂娜立刻默不作声，怒视着罗杰。她发现，其他一年级五班和一年级三班的学生也用愤愤不平的眼神瞪着罗杰。她看着自己的魔药锅被消失咒清理得干干净净，不禁心生怒意。

那个纹章……蒂娜一愣，自己为什么想起它来了？但，她发现自己迫切地想知道那个纹章背后的秘密……它在罗杰的办公室，根本见不到……只有一种可能……

下课铃响了。罗杰还没走出教室，蒂娜便忽地站起来，大吼一声：“别选罗杰！”

一年级五班同学的脸上表现出了赞同。子岚差点在一旁尖叫起来，因为罗杰正在往蒂娜前面大步走来。

“关禁闭。”罗杰扬起眉毛，声音虽然一如既往地傲慢，但脸上还是显现出了惊恐。蒂娜听到这三个字，不禁暗地里舒了口气。而一旁的好朋友们正面面相觑。

上完最后一节课，也就是下午四点钟左右，不在蒂娜她们寝室的子岚、夏米特都聚集到了蒂娜的寝室。一进门，蒂娜便与大家说明了自己的想法。她一口气说完了一切，半晌，没有人吭声。

“这么说，这是你自找的禁闭？”夏米特吃惊的声音在蒂娜耳边响起。

她闭上眼睛，漠然地点了点头：“我只想看到那个纹章……只有这一个办法。”

“别傻了！”子岚厉声说，“你别忘了你的作业！还有，我们很快就要进行 LMDL 期中考试了！”她一肚子怨气地抱怨，但一旁的洛蒲显得若有所思。

“蒂娜这么做，一定有自己的道理。”玛丽亚满怀信心地说，“而且，罗杰的票数一直都没升……其实挺两全其美的。”她突然懊恼地大吼，“我又把墨水弄到桌子上了……”

洛蒲忧郁地在小本子上乱涂乱画：“唉，万一那个该死的‘很好，很好’的票数又上升了呢？”

听到“该死的‘很好，很好’”这个词，大家不禁笑出了声。但寝室很快再次安静下来，蒂娜的声音似乎是从很远的地方传出，飘渺却又坚定：“我该走了。罗杰让我今天就去关禁闭。”她收拾着自己放在桌子上的《医务课课本》和卷子，站起身，推开门，在伙伴们迷茫担忧的目光中走向罗杰的办公室。

她进入办公室里，第一件事就是将目光投向那些摆满装饰品的地方，不禁如坠冰窟——

那个纹章，已经不见了。

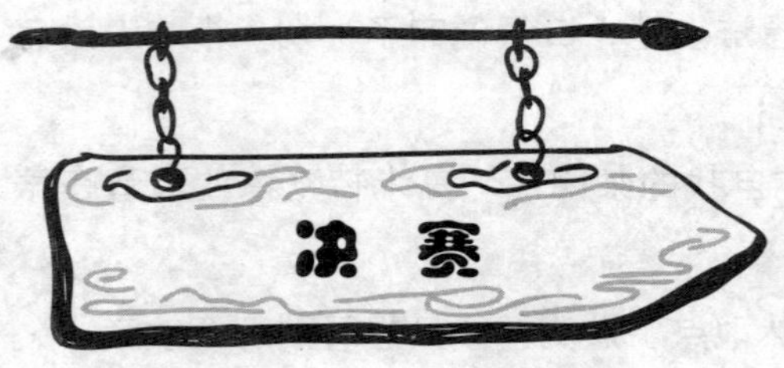

毫无疑问，蒂娜又在罗杰的办公室中扣了十分并被罗杰挖苦了一番。但她认为这些已经没什么了。最令人揪心的是，那个纹章居然不见了。

“别再想它了。”玛丽亚反反复复地对着蒂娜唠叨，“别忘了，你今天就要参加滑板竞速赛的决赛了……好好准备吧！况且，那个幽灵族的吉尔特，”她愤愤地拍了一下桌子，引得洛蒲的论文纸掉到了地上，“也跟你一起比赛。要当心啊！他可把子岚害惨了！”她忧心忡忡地揪着自己的衣角。

洛蒲小声抗议着，把自己的论文纸从地上捡起来。蒂娜一愣，她已经忘记了滑板竞速赛的决赛一事。

“几点开始？”她忙问。

“榆木脑袋！”玛丽亚嗔怪道，“今天下午四点半就要比赛，还有一个小时！真不知道你是怎么了，连这个都能忘。”她气鼓鼓地抱怨，“你起码得赢了吉尔特吧？我可不想一年级一班当第一……他们班好不容易被斯贝里教授扣成了零分——现在也只有二十分呢！我们班现在是第二名，一百二十分……啊，

如果他得了第一，一年级一班就跟我们并列第二了！”她惊叫了一声。

“放心好啦。”蒂娜抓起飞天滑板，轻松地说，“哈，我得告诉罗杰，今天我不能去她那儿关禁闭了。”她愉快地哼着小曲，“我打赌她不会太高兴的……而且今天的神奇植物课我们都可以少上半节，啊，不用记那些该死的笔记了！”

洛蒲愉快地微笑着表示赞同。

下午的滑板竞速赛训练场人山人海，蒂娜好不容易才挤进了大门，向着候赛区走去。玛丽亚在她肩上拍了一下，洛蒲、夏米特和子岚脸上也露出鼓励的微笑。

候场室已经有五个选手了，看来蒂娜是最后一个来的。吉尔特看着晚来的蒂娜，嘴唇拧成了一个讥笑，蒂娜装作没看见似的坐到写着“一年级五班：蒂娜”的位子上。

外面，呼喊声、鼓励声、欢呼声此起彼伏，紧接着，蒂娜听见了拉文德的主持声：“请一年级的选手入场！”

蒂娜紧抓自己的飞天滑板，跟在前面四班的同学身后向着出口走去。

站在起跑线上，她瞥见了玛丽亚、洛蒲、子岚和夏米特鼓励的目光。她深吸一口气，站在滑板上。

“开始！”拉文德的声音终于传出。只听见耳边“嗖”地一声，所有的选手都向前方冲去。

“蒂娜比大家晚了一秒钟！啊，她追上了前面的选手！现在，吉尔特在队伍的最前列，千迪影紧跟其后……啊，现在，蒂娜名列第三，很快就要赶上千迪影了！不过，飞得快不是最重要的，重要的是抓住银球……”

“拉文德！比赛规则就不用重复了！”维金教授在一旁善意地提醒道。

“好吧，好吧，亲爱的维金教授。”拉文德甜甜地应道，“现在最有希望当上副校长的就是维金教授了，名列第一！啊，教授，对不起，我又跑题了！天哪，蒂娜已经领先吉尔特了！现在，吉尔特正在与千迪影争第二名……他好像有点体力不支。”看台上传来一年级五班同学的一阵笑声。

蒂娜聚精会神地盯着天空，寻找一切银球可能会藏身的地方。突然，一道银光在一年级四班的选手身边闪过。他费力地想要去抓，但险些从飞天滑板上摔下来……

蒂娜心中一亮，飞快地向着银球飞去。她伸出双手：还剩二十厘米，十厘米……

突然，蒂娜的飞天滑板上下颠簸起来。她连忙蹲下来双手撑板，稳住身体。银球又飞走了。

“怎么回事？蒂娜的飞天滑板好像不受控制了！”看台上，玛丽亚焦急地站起身，“这不可能啊……这可怎么办！天哪！天哪！”她狠狠地捶着自己的膝盖。

“这不可能……等等！”洛蒲突然直盯着天空，“哦，早该想到的——吉尔特正在给蒂娜施咒！”

“见鬼！”子岚冲动地脱口而出，“让开，让我来！”她飞快地走到尼古斯身边，大声斥责吉尔特的卑鄙行径。尼古斯不动声色地点了点头，嘴不出声地说了句什么。吉尔特立刻把手从放着法杖的口袋里抽了出来。

“偏心死了，”子岚回到座位，愤愤不平地瞪着吉尔特，“他

分明是魔音传递了——应该把他罚下场的！”

空中，蒂娜已经稳住飞天滑板，此刻正东张西望，寻找银球的踪迹。

她看见另外一边，吉尔特正在飞快地向地面冲去——那里有一个东西闪闪发光。蒂娜的心一紧，难道那是银球？

千迪影在后面不怀好意地狠狠撞了吉尔特一下。他一个跟头，差点从滑板上飞下来。而千迪影发现那个闪出银光的东西不过是一个一元的灵币时，愤恨地向上冲去，嘴里还传出含糊不清的咒骂声：“这个家伙……只不过是灵币！”

蒂娜没有理会那越来越近的咒骂声，而是四处张望。真正的银球在哪里？

“哈，吉尔特的样子太搞笑了！”拉文德夸张地模仿着吉尔特差点掉下滑板的样子，但看见尼古斯眼中的威胁，连忙压住看台上的一片笑声，“真正的银球在……？啊！银球！”她的手指着一片灌木丛，蒂娜循着手指的地方望去，果然，那里闪出一道夺目的银光，紧接着，一个小球飞了出来。

蒂娜、千迪影立刻在第一时间飞快地向着银球冲去。蒂娜一边以全速向在前方飞行的银球飞去，一边提防地看着后面的千迪影。这家伙撞人特别在行，她可不能吃这个亏。

很显然，千迪影想故伎重演，因为她飞快地摇动板尾，狠狠地向蒂娜的方向一歪。蒂娜早有准备，顺着她的力度向外一斜，千迪影撞了个空。

“很显然，千迪影又想用那个撞人的卑鄙绝招来对付蒂娜……啊，她躲过去了！”拉文德一开始显得有些愤怒，但很快大声地宣布着蒂娜没有被撞的消息。一年级五班同学的呐喊在训练场上空回荡，掩盖了一年级三班同学不满的嘘声。

蒂娜没有理会被自己甩在后面的千迪影，而是飞快地向着前面的银球飞去。她感到身后有人追了上来，但还是伸出手臂，很快就要触摸到眼前的银球了……

后面有人撞了自己。她向前被撞出了一些距离，但很快她胜利地欢呼起来，举起了左手——那个小小的、闪着银光的银球正被她握在手里。

一时间，一年级五班同学的欢呼声、呐喊声、尖叫声几乎掀翻了看台的顶棚，压住了其他班级的叹息，使得所有的教授都不得不站起来维持秩序。

但这也无济于事。最终，尼古斯不得不站起来，用洪亮的声音压过一片欢呼："一年级五班的蒂娜赢了！我宣布，一年级五班加一百分！"

蒂娜溜回看台，还没反应过来，便一下子被一年级五班的同学团团围住。她被大家抛到空中，身边响起了震耳欲聋的欢呼。玛丽亚在一旁兴奋地尖叫，并拥抱了身边的子岚。夏米特向她挥动着手臂，洛蒲脸上也挂着微笑。

"你简直太棒了！"回去的路上，玛丽亚不停地激动地说，"我们已经名列第一了！"

"好吧，蒂娜，我允许你抄我的神奇动物课论文一次。"子岚俏皮地一笑。

"阿不思？"夜晚，蒂娜再次踏上了那条熟悉的小路，呼唤着阿不思，"我怎么会在这里？"她再次发问，并好奇地四处张望。很快，阿不思长长的银白色胡子出现在小路的远处。

"还没有人敢直呼我的名字。"他粗声粗气地说，"不过我

已经成为了灵魂，这些就不重要了……好吧，我是想通知你，我们只能再拖延一个周才能见面了。”

“为什么？”蒂娜疑惑地问，“已经拖延了很长时间啊……”她看见阿不思正在使劲地揪着自己的胡子，不禁感到一阵好笑，“你告诉我原因。”

“真是没礼貌。”阿不思再次粗声粗气地教训道，“我可是过去的魔法族族长！”他威胁道。

“那也是500多年前了。”蒂娜提醒他，并严肃地说，“你必须告诉我。”

“好吧，好吧，听我说，”阿不思愤慨地跺了跺脚，“下周我告诉你，行了吧？我真的有事儿……”

正当他说话的时候，远处传来了一种魔剑挥动的声音，“我真的该走了……”他神色慌张地瞥了一眼身后，便一甩斗篷，“再见，蒂娜。”说着，他消失在小路的中间。

蒂娜眼前并没有出现黑暗。她突然感到一阵火烧火燎的疼痛，但这不是来自肩头的五角星，而是来自那只刻上了独角兽标记的手。

第二天清晨，蒂娜与玛丽亚和子岚赶去上精神感能课。今天，蒂娜感到神清气爽。

昨天的滑板竞速赛仍给大家带来了强烈的震撼。因为，蒂娜每走到一个地方，那里的一年级学生便会对她指指点点。很快，她也习惯了这种特殊的气氛。

“哦，不。”玛丽亚看着公告栏，突然喉咙发紧，“罗杰当上了副校长。”

"她还能当副校长！"尽管已经过了两天，洛蒲仍对罗杰的副校长职位深感不满。此刻，当玛丽亚正在专心致志地写作业、蒂娜正在复习枯燥的历史时，她突然站起来，冲动地猛地一拍桌子，把玛丽亚和蒂娜吓了个半死，玛丽亚的卷子一下子掉在了地上，"就凭她！"她气咻咻地喘着粗气，愤慨地吼叫道，并把自己正在复习的《神奇植物课课本》扔到床上。这已经不是第一回了。

"拜托，行行好，一天后就要进行 LMDL 期中考试了！"玛丽亚抗议道，从地上捡起自己的卷子，"我们根本没时间复习！作业还没写完！麻烦你别再想着罗杰而考砸了自己的考试！"玛丽亚开玩笑地调侃道。

"得啦，都别吵了。"蒂娜狂躁地翻着《历史课课本》，"明天考什么课？我都复习晕了。"

"历史课、神奇动物课、神奇植物课和医务课。"玛丽亚蔫蔫地回答，在卷子上写着什么，并不时抬起头看一看摆在她前面的蒂娜的卷子，"谢天谢地，我终于写完作业了。"她胡乱地

把卷子塞进书包，拿出了《神奇植物课课本》。

“话说回来，魔咒课我们应该没问题……”

“你应该说：话说回来，除了魔咒课和飞行课我们都有问题。”洛蒲没好气地说。

蒂娜没有搭腔。自从做了阿不思推迟相会时间的梦之后，她一直梦见龙马德兰列车上的那个卖零食的男人。他一直在一个蒂娜不认识的地方坐着，身后放着很多书。不知是不是幻觉，蒂娜总是看见他变换着口型，但是不出声音，好像想提醒自己什么。但蒂娜一直没有搞清楚他在说什么。

我现在应该全心全意地复习，她心想，与玛丽亚一起背着书包向精神感能课教室走去。最近所有的教授都在不停地念叨LMDL期中考试，只有拉本里——精神感能课的教授没有多说什么，仍是让他们练习记忆保护术——让别人看不到自己的思想。子岚一直认为这门课无聊透顶（“这有什么用处呢？又没有人会来看你的思想。”），蒂娜承认记忆保护术很无聊，可是这总比历史课、种族课去背一大堆的东西和医务课上忍受罗杰好得多。

今天，拉本里还是照例在恍惚状态中讲课，只是紫色的眼睛里不断地浮现出忧郁。下了课，他匆匆地走出教室，飞快地向罗杰的办公室走去。

蒂娜与洛蒲交换了怀疑的眼神，可还是决定先考好期中考试再去关心拉本里的怪异行为。

蒂娜与子岚飞快地向历史课考场——以前的历史课教室奔去。“真是糟糕透了。”蒂娜一路上都在抱怨这种抽号分考场考试的策略，可子岚只是“嗯，啊”几声——她一直在紧张兮兮地背诵《历史课课本》上可能考到的内容。

蒂娜飞快地浏览了一遍卷子，上面的题不算很难，大部分题都是关于妖精大叛乱的。她松了一口气，开始拿出墨水笔回答第一个问题（请写出妖精大叛乱中主要的领导人物）——这题很简单，蒂娜在历史课卷子上都做过了。

三门课都考完了，子岚似乎松了口气，但蒂娜和同行的洛蒲（这次她们被分到了一个考场）很是不爽——因为今天的最后一门考试是医务课，她预感这场考试可能会坏了自己一天的好心情。

果不其然，她们这个考场是罗杰监考。她露出一个假惺惺的微笑，蒂娜就知道她不会放过一个给自己和洛蒲找茬的机会。

“啊，我们的考试分为三个部分：第一部分，试卷答题；第二部分，魔药调制；第三部分，咒语检测。”罗杰宣布了考试的内容，说到魔药调制，她朝蒂娜和洛蒲露出一个调侃的笑容，“现在我要发卷子了。”

卷子一到手中，蒂娜便在暗地里兴奋不已——这些题昨天晚上子岚都已经给她们复习过了。她迫不及待地想看到罗杰脸上露出难以置信的表情，想到这儿，她感到一阵快意。

“时间到。”罗杰说完便走到蒂娜身边，浏览一遍卷子，便皱起了眉头，“下面我们进行魔药调制考试。”她脸上露出一个令人厌烦的讥笑，“我们要调制的魔药是咳嗽药水。”

她一挥魔杖，桌子上出现了所需的材料。蒂娜闷闷不乐地拿出魔药锅，往里面加清水。

是不是先放麻豆？她已经忘了全部的制作魔药的步骤。现

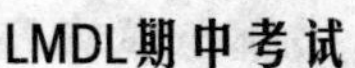

在可好，罗杰可以高兴一阵了。她发狠地想。

她瞅了一眼身边的洛蒲——啊，没错，是先放青果。她连忙拿出小刀，把青果切成薄薄的小片，点燃火焰，将小片手忙脚乱地倒入锅中。紧接着……好像是逆时针搅拌五下以后放入干咳菜汁。这气味儿难闻死了。她一边拼命地用小刀挤出干咳菜的汁水，一边不住地抱怨。

“医务课卷子太简单了……看来我根本就不用背‘发烧药水的制作步骤’。”晚上回到寝室，子岚饶有兴趣地啰嗦着自己医务课的考试。

“这可不太好玩。”与子岚一起来到蒂娜她们寝室的夏米特疲惫地翻着《变形课课本》，查找着“使一根筷子变得更长”的概念，“你能不能别——”

“啊，对对对。”子岚若有所思地打断夏米特的话，“实话说，我觉得我们应该复习一下精神感能课。虽然这门课无聊透了，但我可不想考‘不及格’。”

寝室里很快安静下来。子岚在一旁快速地复习着精神感能课的内容，嘴中念念有词；夏米特举起魔杖，戳着一根筷子，试图将它变得更长；洛蒲用魔杖指着前方微微晃动，前面模模糊糊地出现了一个畸形的罐子；玛丽亚皱着眉头，在羊皮纸上费力地默写着种族课的教授内容；蒂娜则在一旁晃着墨水笔，在羊皮纸上复习着幻影课教授的“让眼前出现一个罐子”的定义。

第二天的第一场考试是种族课，第二场考试是蒂娜最期待的一场考试——魔咒课考试。

“这次考试分为两个部分：第一部分，试卷答题；第二部分，咒语检测。”监考的吉尔吉斯在讲台上来回踱步，显然不喜欢监考这项任务，“魔咒检测的考官是我们的校长斯贝里教授。好吧，好吧，”他注意到子岚不耐烦的目光，连忙说，“开始答卷吧。”

蒂娜扫了一眼十分简单的卷子，教室里响起一片沙沙的书写声。

“蒂娜，我要你发射一个我们学过的无声无息咒。”斯贝里坐在咒语检测的教室里，深思熟虑了一会儿，说出了一个他们刚刚学的咒语。蒂娜轻松地一挥魔剑（“无声无息！”），一道蓝色的魔光立刻在教室里出现。斯贝里满意地点了点头：“啊，一个很漂亮的咒语。现在，我来发射咒语，你来挡住咒语。”他挥动着魔剑，大喝一声，“昏昏入睡！”

“挡咒！”斯贝里颇为满意，点点头，挥手让她出去。

“呀，我觉得我发挥的还不错。”一出门，便遇到了在外面等着自己的玛丽亚，她最近第一次这样兴致勃勃地谈论自己的考试，“斯贝里让我尝试了‘挡咒’和‘解咒’。哈，不是我夸自己，我听洛蒲说吉尔特比我发挥得差多了——他中了斯贝里的速速捆绑咒。”

“精神感能课的考试……”蒂娜沉思着，下决心一定要用尽全力考试——她可不想让拉本里进入自己的大脑。

她坐在防御大脑测试的教室里，眼前坐着全神贯注的拉本里：“闭上眼镜，不要让我进入你的大脑。”

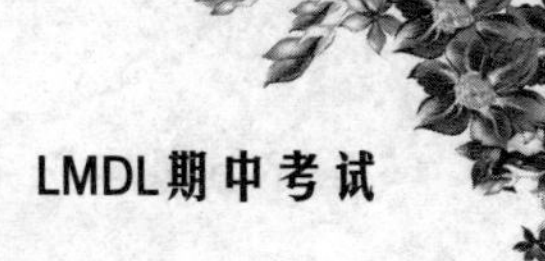

蒂娜生硬地点了点头，闭上了眼睛。

她感到一阵头晕目眩，意识到拉本里已经在攻击自己的大脑，连忙努力回想着他上课教授的内容——对，要精力集中，用精神将入侵者赶出自己的大脑！

她精力集中地想要还击，可却感到已经没有力气出击了。拉本里正在窥视自己的记忆！她的眼前出现了一幕幕以前经历过的画面，拉本里就在一旁看着。

她看到自己收到了学院录取书、拿到了自己心爱的魔剑。现在，她坐在列车上，正在与以前是死对头的洛蒲交手，魔咒嗖嗖地乱飞……紧接着是罗杰的出现……然后,她在魔咒课上，再次与洛蒲对决。斯贝里的怒火，使得拉本里脸上浮现出一丝笑意。

但紧接着，拉本里脸上的笑容隐去了。她与洛蒲站在魔兽林，提心吊胆地注视着周围。蒂娜心头一紧：老天保佑，他千万不要看到独角兽薇儿啊！这个场景没有出现，蒂娜暗暗松了口气。紧接着，幽灵族人的魔咒在魔兽林里到处乱飞，红色的魔光交织，蒂娜看见自己和洛蒲在魔光中跳来跳去，不断地乱发咒语。

场景转换。这次，是她在罗杰办公室第一次关禁闭，那个神奇的纹章赫然出现在拉本里和蒂娜的眼前，蒂娜无意中瞥见拉本里脸上露出了一丝让人难以察觉的骄傲笑容。难道，他知道那个纹章？他知道现在纹章去哪了吗？

“考试结束。”又是一阵头晕目眩，蒂娜回到了教室，耳边传来了拉本里低沉的声音。蒂娜明白自己考得肯定不怎么样，但她更关心拉本里看了自己的记忆后有何反应。拉本里似乎洞

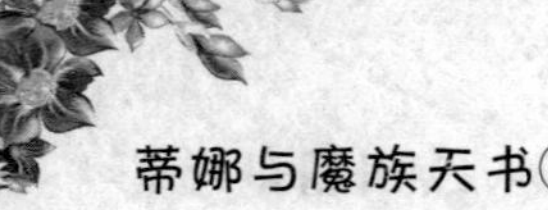

察了自己的心思（这个想法使她感到不寒而栗），轻声说："你的记忆可比别人有价值得多……"

这句话是什么意思?

"啊，明天只剩下实战演练课的考试了！"考完今天的最后一门——幻影课考试，夏米特在蒂娜她们的寝室里研究着考试安排表，"我觉得实战演练课实在没什么可以复习的……"

"话说回来，我们还没进入过一次实战演练场呢。澜尔教授最近都没上课——让斯贝里代课……"洛蒲不满地念念有词，小声地抱怨着她们宝贵的实战演练课被抢走。

蒂娜想着实战演练课考试，挥动魔剑，让眼前出现了一根黄褐色的牙签。

实战演练课的历练

蒂娜拿着她心爱的魔剑，快速地走到了实战演练场。这是她这几天第一次看见澜尔。他还是平时那副样子，安排蒂娜进入实战演练场考试。

这是蒂娜第一次进入实战演练场。古老的石头组成一面面弯曲的围墙，蒂娜在里面穿梭着——她已经听澜尔介绍了这里面的结构，不会迷路。

很快，正如澜尔所说的那样，蒂娜眼前出现了一扇古铜色的门，上面写着“一年级实战演练室”。蒂娜镇定了一下自己的情绪，推开了那扇门。里面正如澜尔所说，分了一扇扇更小的门。蒂娜深吸一口气，推开了那扇写着“一”的门。

眼前是一片令人窒息的黑暗。

很快，前方出现了亮光。蒂娜看见自己身上多了几个字（一年级五班，蒂娜）。这时，空荡的演练室里回荡着一个声音：“一年级五班的蒂娜，欢迎来到实战演练场的一年级中的一号关卡。你的任务是：躲避并挡住飞来的魔咒，获得下一关卡的钥匙——放在前面的桌子上。”

话音未落，她的身体左边便出现了一道耀眼的蓝色魔光。蒂娜连忙抽出魔剑，大喝“挡咒”。但很多魔光很快从四面八方迅速飞来，蒂娜一边胡乱地挡咒，一边在数条魔光中穿梭，慢慢地向前面的桌子移动。

她猛地一伸手，紧紧地抓住了钥匙。说也奇怪，当她的手触到钥匙的一霎那，所有的魔光都消失了。

“任务完成！现在，请用钥匙打开二号关卡的门。”

蒂娜照办了。“二号关卡的任务是：制服一只初级魔兽。”前面出现了一只金黄色的猫，冲着蒂娜不怀好意地嘶嘶叫着。紧接着，猫一抖皮毛，两道黄色的雷电魔光迅速飞出。

蒂娜一抬魔剑：“速速捆绑！晕头转向！”四道魔光撞在一起，都消失了。灵猫瞪起眼睛，又射出两道魔光。蒂娜闪身躲过：“现在，轮到我出击了。”

她大喝两声：“屏障重重！速速捆绑！”蒂娜身前出现了一个乳白色的保护罩，紧接着，捆绑咒向灵猫飞去。

灵猫也不愧是魔兽，闪身躲过咒语，又射出了放电咒语。这次，蒂娜的屏障挡住了咒语，但却薄了一层——因此蒂娜也不敢掉以轻心，再次放出了速速捆绑咒。

灵猫的脸奇怪地扭曲了一下，紧接着，四肢贴到了一起——于是蒂娜明白自己又通关了。

下一关的两只灵鹿可不是省油的灯。其中一只灵鹿向蒂娜发射着速速捆绑咒，另一只则藏在蒂娜身后发射魔咒并准备突击。我必须先把其中一只鹿制服，她一边想，一边在魔光中跳跃。正当这时，数个速速捆绑咒向着蒂娜飞来，她连忙躲开。

她一边拼命地对自己发射屏障重重咒，一边不断地发射魔光。不好，后面的灵鹿冲过来了！她感到鹿角抵在了自己的腰上，连忙躲闪，可还是感到一阵剧痛。该死，竟让它偷袭成功了！她再次快速地发射屏障重重咒，一边挡着咒语，一边提防着灵鹿。好了，现在差不多了，她可以主动出击了。

于是，六道昏睡咒快速地飞向前面的灵鹿。灵鹿在魔光中跳跃，那样子真是让人感到可笑。就是现在！蒂娜在灵鹿猝不及防之时射出了一个捆绑咒，蓝色的魔光飞快地飞向手足无措、还在对付昏睡咒的灵鹿。

“解决一个，现在该你了。”蒂娜调侃道，一个急转身，向身后的灵鹿发射了一个捆绑咒。这家伙不笨，蒂娜沉思着，得换一套策略才行……

对！蒂娜灵光一闪。她举起魔剑，聚精会神地盯着灵鹿旁边。果然，那里出现了一棵小树——我回去真要好好地感谢唐克斯教授，蒂娜想，多亏了这幻影课……

灵鹿果然好奇心占了上风，狐疑地向着那棵刚刚冒出来的小树走去。蒂娜绕到灵鹿身后，趁它还没识破幻影时，率先发出了速速捆绑咒……

“任务完成！下一关任务：战胜海兽！”蒂娜惊慌地立在原地：糟了，要在海底作战——我可不会游泳啊！

“您选择稍作休息，还是直接闯关？”“休息。”蒂娜一脸疲倦地说道。

“非常精彩，蒂娜。”她刚刚走出三号门，到休息室，便遇到了微笑着的澜尔，“干得非常不错，连灵鹿都能击败。不过我想提醒你，你的成绩已经是‘优秀’了。我告诉你，海兽可没那么好对付，你想继续闯关，还是暂时退出？”

“啊，我还是试试吧。”蒂娜眨了眨眼，抚摸着魔剑。澜尔长叹一声：“我建议你使用鱼鳃咒——不过很难。”说完便走出了实战演练场。

鱼鳃咒？蒂娜想起自己的《魔咒大全》，便举起魔剑：“我的《魔咒大全》，迅速飞来！”

她心急如焚地等待着，第一次担心起自己释放的咒语是否有效。但一分钟左右，黑色封皮的《魔咒大全》便出现在实战演练场的入口，向蒂娜快速地飞来。蒂娜长舒一口气，拿着《魔咒大全》，在里面快速地查找着鱼鳃咒。

终于，在“高级变形咒语”中，蒂娜找到了鱼鳃显现咒。这是一种让自己拥有鱼鳃的咒语，手脚之间的空隙都会长上蹼，使发咒人能在水中自由快速地游动——但在变化过程中会产生疼痛，咒语有效时间只有一个小时。蒂娜管不了那么多了，放下《魔咒大全》，推开了四号门。

眼前是一片波光粼粼的海水，蒂娜在门框上晃了一下，差点掉进水里。此时她想起，自己还没有使用鱼鳃咒。好险，差点掉进去！她连忙用魔剑指着自己，大喝一声：“鱼鳃显现！”在尝试了五次后，魔剑顶端迸出一团绿色的魔光。

她顿时感到一阵钻心的疼痛从脖子袭来，差点尖叫出声。很快，她摸到脖子两侧出现了能在水中呼吸的鳃。蒂娜深吸一口气，一头扎进了水里。

她试着用鳃呼吸了两下，嗯，还挺适应的，好像一出生就知道怎么用鳃呼吸似的。她东张西望，开始寻找海兽。她在水中自由地来回游动，无意中才发现自己的手和脚的缝隙处都长上了蹼。我都快成怪物了，她想。

正当她放松之时，左边突然出现了一个黑色的庞然大物，猛地用利爪向蒂娜抓来。蒂娜猛一闪身，抽出魔剑，在水中发射了一个昏昏入睡咒。闪着微弱光芒的蓝色魔光向海兽冲去，猛地击在它身上。可是，海兽不但没有昏倒在地，而且似乎被激怒了，发出一声惊天动地的咆哮，飞快地向蒂娜猛击一爪。

一个咒语击在海兽身上不起作用！蒂娜冷静了一下，快速地连叫三声“全部石化”。三重咒语击中了海兽，它微微摇晃了一下，发出了惊天的怒吼。紧接着，海兽一摇尾巴，尾巴尖上竟迸出一条灰蓝色的魔光！

蒂娜一愣，很快回过神来，发射了一个无声无息咒挡住了那条魔光。但,海兽的利爪紧跟着魔光击了过来。蒂娜一歪头，躲过了这一攻击。

海兽长满尖刺的尾巴在刚刚躲过利爪的蒂娜身后忽地出现，飞快地扫来。蒂娜惊惧地尖叫一声（“这可怎么躲啊！”），但，在水中只是吐出一个个气泡。

当尾巴快要碰到自己的时候，蒂娜绝望地喊了一声：“退出四号门！”

一道光闪过，蒂娜发现自己坐在实战演练场的休息室里，呼呼地喘着粗气。心跳渐渐缓慢下来,她拿起自己的魔剑和《魔咒大全》，走出了实战演练场。

蒂娜回到寝室，只见玛丽亚正兴高采烈地在床上跳上跳下，不再趴在桌子上猛写作业；洛蒲和夏米特在寝室里使劲挥动魔杖，想让它变出一堆蛋糕庆祝考试结束；只有子岚仍在桌子上预习着下节种族课要学的内容。

蒂娜也跟着庆祝了一会儿，但她能感觉到自己实在是太累了。她打了声招呼，便窝在被子里闭上眼睛。不一会儿，小床上便传出了细微的鼾声。

蒂娜在梦中睁开双眼。啊，熟悉的小路，熟悉的古树，还有那拥有熟悉的白胡子的阿不思站在眼前。

"我不得不说你今天表现得实在不错。"阿不思在这几次与蒂娜相遇时第一次露出了笑容，"实在不错。不过，今天你恐怕要——呃，怎么说呢——好吧，我要领你去一个地方。"他脸上的笑容隐去了，阴郁地嘟囔着。

"什么地方？你这些天为什么一直在推迟见面的时间？"蒂娜将心中的疑惑一股脑儿地倾出。

阿不思哼了一声："蒂娜呀，我有些事是不能告诉你的。"他又别扭地说，"好吧，既然我决定带你去，那也是该告诉你了。我们要去魔兽林。"

"魔兽林？"蒂娜问。

"是啊，没错，就是龙马德兰魔法学院的魔兽林。"阿不思不耐烦地重复着这句话，"离开梦境，真正的龙马德兰魔法学院的魔兽林。行，我就告诉你我最近都在干些什么。"他没好气地晃了晃脑袋，"说真的，我现在开始后悔我的决定了……

“第一次推迟梦境之前，我遭到了幽灵族的攻击。那些家伙还是蛮厉害的，话说回来，我差点就丧命了。我真不明白他们为什么老是追着我。我摆脱了他们的攻击，他们扬言还会回来。我担心他们会在我们相遇时发动攻击，所以我才推迟梦境。”

“后来，我发现这帮人跟我杠上了——整天追着我发射咒语。他们似乎想从我口中打听出什么消息。所以我一直与你推迟梦境，是担心你的安危。对了，我还遇到了一个人。”阿不思叹了口气。

“他在那！”随着一声尖叫，阿不思身后出现了两个幽灵族人。“快走！”阿不思一把抓住蒂娜，“瞬间转移——现实世界的魔兽林！”随着一记爆响，阿不思和蒂娜又消失了。她身后传来幽灵族人气愤的喊叫，紧接着，身后也传出一记爆响。

前面出现了熟悉的魔兽林景色。蒂娜头晕目眩，刚缓和过来，身后却出现两个幽灵族人。

“速速捆绑！”蒂娜一挥魔剑，一个幽灵族人被蓝光击中了。

“谢谢。”阿不思粗声说，射出一个昏睡咒。那个幽灵族人灵巧地跳开，但随之而来的是蒂娜和阿不思同时发射的咒语。他被双重咒语抛起，摔在地上不省人事。

“干得好。”阿不思快速说完，便带领蒂娜飞快地向魔兽林深处穿梭。

周围漆黑一片，蒂娜不禁埋怨起阿不思不让使用荧光闪烁咒这个决定来——因为这黑色实在是令人无法忍受。

左边的灌木丛突然传来一阵诡异的声音，蒂娜连忙警惕地

举起魔剑。里面走出一个幽灵族人，他刚要举起法杖攻击阿不思，蒂娜便射出一个晕头转向咒。幽灵族人躲过魔光，大吼一声："刻骨钻心！"一条红色的魔光飞快地冲着蒂娜飞来。看来这家伙是想先解决她，再去攻击阿不思。

蒂娜一个跳跃，躲过了红色的魔光，紧接着毫不示弱地回击。幽灵族人射出红色魔光与咒语相撞，接着射出两个万箭穿心咒。蒂娜纵身跃过两条红色的魔光，再次发射了一个晕头转向咒和一个障碍在前咒。

幽灵族人快速地发射了许多条红色的魔光，趁蒂娜应付魔光时，将法杖伸向了天空。

蒂娜看见阿不思的脸惊恐地扭曲了。蒂娜正纳闷时，突然感到一丝不祥：这个动作，我好像在哪里见过！

对，是在阿不思给的《灵气修炼宝典》上有这个动作！这是发动灵气绝技——月之诅咒的动作！

蒂娜连忙射出数条魔光，但幽灵族人狂妄的声音却在耳边响起："没用的，咒语是挡不住月之诅咒的！去死吧！"他将法杖上方托着的银色气体圆球向蒂娜抛来。蒂娜感到一种彻骨的寒冷，紧接着，银色的圆球快速地飞了过来。她绝望地闭上了眼睛——因为不知道破解的方法。

突然，她的耳边闪过一道耀眼的银色亮光。"铮——"，接着，身旁传来了令人感到不安的能量撞击声，震得蒂娜向后倒去。她稳住身体，在半眯着眼的情况下感觉到月之诅咒的银色亮光消失了。眼前一片黑暗。

她慢慢睁开了眼睛。只见幽灵族人已经被一道魔光击中，在地上痛苦地挣扎，看样子是中了刻骨钻心咒；而那个银色的圆球也消失了，眼前一片乳白色的烟雾。

阿不思击毁了月之诅咒！蒂娜惊讶万分地看着他。他没好气地咕哝："如果你好好按我说的做练习灵气的防御技能，那就不会这么大惊小怪了——用月之祝福可以抵挡月之诅咒。"

蒂娜小声地抱怨了一句。

"别叨叨，跟着我。"阿不思挥挥手，"当心周围。要是再有幽灵族人发动灵气，我还得救你。"

蒂娜哼了一声，但很快镇定下来："行行好吧，我们为什么不能瞬间转移？"

"我得知幽灵族人在这里干什么事——但不知道在哪！我们瞬间转移到哪去？"

"好好好。"蒂娜嘟囔着，压低声音，没好气地嘀咕，"平时还不是我用魔咒帮你？"

阿不思装作没听见，一边领着蒂娜小心翼翼地向前走，一边东张西望勘察周围有没有幽灵族人。

突然，蒂娜发现前面的树丛里隐约地闪过一条条魔光。紧接着，身边的树丛传来一阵沙沙的声音。

阿不思示意蒂娜不要出声。蒂娜将注意力放在身边的树丛上，只见树叶间出现了一只银色的狐狸。

它就是上次领蒂娜见到独角兽薇儿的银狐。蒂娜心中莫名地松了一口气，但银狐却焦急万分地咬着蒂娜的裤脚。

阿不思也在专注地观察着银狐的一举一动，好像一离开蒂娜它就会不安全似的。蒂娜举起魔剑，不理会阿不思的轻声警告，跟着银狐向前走去。

“荧光闪烁！”魔剑上闪出了绿色的光芒，蒂娜已经能确定前面确实有人在战斗——因为前面魔光交织，使人不得不注意到这奇特的景象。银狐显得更加不安了，再向前走，它突然一抖皮毛，向前射出一条银色的魔光！

前面一阵骚动。我已经暴露了，蒂娜想，她一下子站出来，射出两个昏昏入睡咒。

那边传出了混乱不清的声音，有人的尖叫声，有魔咒嗖嗖飞来的声响，甚至还夹杂着噔噔的马蹄声。

马蹄声？

银狐发出一声哀叫。蒂娜看了看手上的独角兽标记，那紫色的光芒变得格外明亮。

前面难道是独角兽部落?

蒂娜大吼一声："速速捆绑！"一道蓝光飞快地飞向正在与独角兽搏斗的黑衣人。

"薇儿！"蒂娜叫喊一声，并将手指按在了自己的独角兽标记上。标记泛出强烈的、紫色的光。

"蒂娜！"薇儿眨眼间出现在蒂娜的眼前，"你怎么来了?这里很危险！"它一边大声疑惑着叫喊，一边一抖皮毛，射出五条紫色、银色的魔光。

"阿不思带我来的。"蒂娜应道，"全部石化！速速捆绑！"两个咒语立刻飞向黑衣人，"薇儿，那些黑衣人是幽灵族的吧?你们怎么搞得让幽灵族人找到你们的部落?"

"我怎么知道他们怎么找到的！"薇儿甩着马尾，用头上的角射出一道深紫色的魔光。

蒂娜不再发问，而是全心全意地对付着眼前飞来的魔咒。银狐简直快要发疯了，拼命地发射着魔光，以至于自己歪倒在地上，呼呼喘气。

"全部石化！障碍在前！"蒂娜看到倒在地上的银狐，连忙弯下腰将它藏在一个隐蔽的树丛中。

"快快复苏！"蒂娜用魔剑指着银狐。只见它又站了起来，颤颤巍巍地发射出一条魔光。

"你还是好好休息吧。"蒂娜咕哝着。

她慢慢地接近独角兽部落，只见上百只独角兽正在营地外作战，不停地射出五彩缤纷的魔光，打得幽灵族人措手不及。

但幽灵族人也在不停地发动灵气出招和射出黑魔法咒语，独角兽也招架不住，被击得连连后退。

“她在这儿！刻骨钻心！”蒂娜心一紧，连忙躲过钻心咒，紧接着也毫不示弱地回击：“速速捆绑！昏昏入睡！”两道蓝色的魔光和五道薇儿发出的银色魔光一起飞了出去。

“刻骨钻心！”前面的树丛里传来好几个人的异口同声，他们的法杖和法笔齐刷刷地对准了蒂娜。蒂娜慌了神，连忙快速发出三个无声无息咒。

但无声无息咒只挡住了三个刻骨钻心咒，随之而来的是两个没有挡住的咒语。蒂娜感到无望了。

“全部石化！”随着两个人铿锵有力的叫喊，阿不思和一个男人同时瞬间转移到了蒂娜的身边，两道蓝色的魔光与红色的魔光撞在一起，都消失了。

“阿不思！”蒂娜叫了一声，眼睛却盯着那个和阿不思一起来的男人。

我见过他！蒂娜差点叫出声来，没错，他就是龙马德兰列车上卖零食的那个人！

“别这么大惊小怪的，你见过他，他是龙马德兰列车上的工作人员，金戈。我说的就是他。”阿不思粗声粗气地说，“幽灵族人原来在这儿。好吧，铭心索命！”他一挥魔剑，一道红色的魔光迅速迸出，“金戈，帮我！”金戈应了一句，也射出一个咒语。

蒂娜咽下自己心中的疑惑，全心全意地投入战斗。她纵身越过两个咒语，迅速转身对一个刚刚瞬间移动过来的幽灵族人发射出了一个障碍在前咒。幽灵族人被无形的障碍绊了好几下，又不小心一头撞在树上。蒂娜不禁暗暗佩服障碍咒的威力。

她快速地浏览了一遍战场：独角兽们围成一个半圆，不停地发射魔光，保护圆圈中间的独角兽幼崽；薇儿在自己身旁嘶声不断，不断地射出紫色和银色的魔光；阿不思已经坐在他的飞虎布莱身上高悬在空，一边灵活地躲避魔咒和灵气攻击，一边朝地面射出令人眼花缭乱的魔咒；金戈紧握魔杖，正在单独与两个幽灵族人一决高下，此时正不断地射出武器脱手咒。

而他们的敌人——幽灵族人也毫不懈怠：领头的幽灵族人骑上自己的魔兽金雕，飞到空中与阿不思战斗；其他的幽灵族人正围着独角兽突击，五颜六色的魔光伴着一声声叫喊，在魔兽林里嗖嗖地来回穿梭。

"砰"地一声，金戈的双重魔咒击昏了与他对战的两个幽灵族人；又是"砰"地一声，薇儿用角射出的五重魔咒被领头的幽灵族人反弹回来，把薇儿击倒在地连连哀叫。

蒂娜连忙对着薇儿射出了一个快快复苏咒。薇儿看起来好了许多，但却魔力大减。蒂娜一边把薇儿藏在树丛中养伤，一边躲过一道红色的魔光。

"小心点儿！"

随着金戈的叫喊，蒂娜感到一阵寒气袭来。呀，又有人发动了灵气，要用月之诅咒了！她真后悔自己没有修炼灵气，但也无事于补。这时，只听上空的阿不思大吼一声："月之祝福！"

两个银色的光球撞在一起，都消失了。蒂娜道谢过后，又以迅雷不及掩耳之势对刚刚瞬间转移过来的幽灵族人发射了两个昏昏入睡咒，他们怒骂一声，又转移走了。

"怎么办？他们人太多了！"蒂娜一边叫喊，一边疯狂地

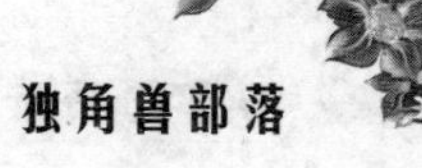

四处乱发捆绑咒。

“蒂娜，你先走吧。”金戈正色道，“我和阿不思在这里就行。你要注意安全，还有，”他迅速转过头去，发射一个无声无息咒挡住了钻心咒，“好好修炼灵气。”

“那你们怎么办？”蒂娜担心地问道，毫不理会薇儿在一旁的抗议，“我想去战斗！”

“你别管了！”

这时，一个刚刚转移过来的幽灵族人猛地一把抓住蒂娜，用法杖指着金戈，眼里射出冷酷的光芒：“停手！用魔音传递让阿不思也停手。不然我就杀了这女孩儿。”

蒂娜渐渐地感到气喘不过来，她只能看见金戈模糊的身影以及前方飞动的魔光。金戈还没有做出决定。她抬头看见阿不思与幽灵族人的头领鏖战正酣，不禁在心中暗暗希望金戈不要同意。阿不思肯定有什么目的，她不想坏了他的计划——虽然他有时候实在很不讨人喜欢，但他毕竟是魔法族族长，她甚至在心中默默承认了自己确实没有他足智多谋。

“不说？嗯？”幽灵族人再次恶狠狠地威胁，这次他将法杖抵在了蒂娜的太阳穴，她能感觉得到法杖里的灵气在不断地涌动，似乎很快就要喷涌而出。

金戈的嘴唇蠕动着，显然在深思熟虑。蒂娜用祈求他不要同意的眼神看着他，“我同意停手。”金戈说。

这时，蒂娜感到被法杖抵着的太阳穴一阵钻心的疼痛——她知道幽灵族人发动了灵气。这大概是她失去意识之前想的最后一件事。

蒂娜慢慢地睁开了眼睛。

这是哪里？此时的她正坐在铺着软垫的列车座位上，身边却空无一人，只有她手里拿着的魔剑还发出极其微弱的淡绿色光芒。她站起身，警惕地举着魔剑，仔细观察周围，恍然大悟：她在龙马德兰魔法学院的列车上。

“蒂娜。”耳边传来熟悉的令人感到安心的声音，“知道我为什么要给你‘另一半’吗？”

蒂娜猛地转过头去，是金戈。此刻他正微笑着看着她，手里玩弄着他自己的魔杖。

“‘另一半’和阿不思有很大的关系，他还没告诉你吧？我自己不能探究这个秘密，因为阿不思经常在我的身边，所以我想让你去找到另一半——虽然我已经知道在哪里了。在你的梦里，我一直在给你提示。这提示已经很明显了，但你好像一直都不明白是什么意思，我说的对吗？”

蒂娜点点头，心想现在他能不能告诉她。

“我还是不能告诉你。”金戈看着蒂娜认真地说。蒂娜毫不掩饰地叹了一口气。

“那么，现在我死了吗？”蒂娜担心地问。

“啊，我认为没有。”金戈笑咪咪地看着她，“虽然月之诅咒有可能使一个人死亡，但必须准确无误地击中那个人的身体才有机率杀死别人。月之诅咒没能击中你的身体——”

“那——？”蒂娜禁不住打断了金戈。

“——击中了拘束你黑魔法的魔法枷锁。”金戈又打断了蒂娜，接着把上一句话说完，“因此，我断定，你现在可以回到战场，而且可以尝试使用黑魔法了。”

蒂娜欣喜地看着他。这时，金戈突然移开了目光，闭上了

眼睛，好像在聆听什么声音。

“呀，咱们得走了。”这时，蒂娜看到金戈正张着嘴摆出不同的口型，“阿不思传递魔音了，我来领你出去。”他转过身去，“你可以试着使用黑魔法了。”他提议道，紧接着举起魔杖，“空间支配——金戈、蒂娜，现实世界的魔兽林。”

话音刚落，蒂娜感到一阵前所未有的凉爽。当她睁开眼睛的时候，惊讶地发现自己已经站在熟悉的魔兽林里了。金戈在一旁微笑着看着她。

“我们走吧。”他轻松地说，“阿不思还在等我们呢。”

蒂娜点了点头。

走了一小段路，前面便出现了嗖嗖乱飞的魔光。蒂娜与金戈相视一笑，投入了战斗。

但，她很快发现阿不思被幽灵族人的头领击败了，重重地摔在地上，立刻晕了过去。幽灵族人在空中大声地嘲笑，蒂娜看见金戈眼中燃起了仇恨。

她顿时感到一种前所未有的愤怒。还没等金戈反应过来，她已经举起魔剑，大喝一声：“刻骨钻心！”

一道红色的魔光瞬间从魔剑顶端迸出，飞快地飞向空中大声调侃的幽灵族人。咒语击中了他。他脸上的笑容凝固了，随之而来的是痛苦的尖叫。蒂娜平静地看着他慢慢地从空中坠落，心里有一种残酷的快感。

“干得漂亮。”金戈眼中一刹那闪过的仇恨消失了，“既然首领已经被击中，那么……”

幽灵族人们尖叫起来，因为他们的首领已被击败。几个幽灵族人忙着给他们的首领解咒，而更多的人则是没命地奔逃。

独角兽站在原地大声嘶叫，个别还在发射魔光。金戈则冲上前去，对着其中一个给首领解咒的幽灵族人大喝一声："速速捆绑！"一道蓝色的魔光猛地击中了幽灵族人的身体，他发出一声哀号，手脚被一条无形的绳子捆住，动弹不得。

"我们还需要一个人给阿不思解除幽灵族的魔法。"金戈冷酷地看了那个幽灵族人一眼。他中了咒语又消耗了太多灵气，一翻白眼，昏迷过去。

"想得真周到。"薇儿站起身，抖抖身上的树叶，"我好的差不多啦。"它欢快地一甩马尾，回到部落里去了。

一匹金色马鬃的独角兽疼爱地蹭了蹭薇儿身上的树叶，紧接着朝金戈与蒂娜缓慢地走来。

"我代表全体臣民，感谢你们的援助。"它彬彬有礼地说。金戈略带紧张地注视着它。只见独角兽伸出一只前蹄，长嘶一声，低下了头，金黄色的角触到坚硬的地面的那一刻，所有的独角兽全部低下了头，发出温柔的低鸣。

这时，蒂娜看到三个不可思议的紫色圆球从独角兽首领的身后缓缓升起。"这是独角兽部落的规矩：只要有人救了整个部落，便要给予紫竹之心。请收下吧。"紫竹之心慢慢地飞到了蒂娜的手心。顿时，她感到一种难以诉说的清凉，好像浑身都被洗净。紫竹之心在蒂娜的手中慢慢地化开，她感到体内的能量正在不断地增强，身体轻飘飘的，魔剑也泛起了珍珠般的光泽；手上的独角兽标记变得越来越清晰……

"蒂娜！就算是放假你也别起得这么晚呀！"蒂娜猛地睁开眼睛，只见玛丽亚正坐在自己的床头大声喊叫，洛蒲、夏米特和子岚在一旁吃吃地笑，桌子上摆了一个巧克力蛋糕。

“这是我们搞到的早餐。”玛丽亚指指桌上的蛋糕，一副满心欢喜的样子，“放假学校是不提供食物的……这是洛蒲用飞来咒从学校的厨房里弄到的。”她津津乐道，但看到子岚的目光赶快急急忙忙地添上一句，“是啊，不太文明。所以我们又用咒语给了他们点灵币——”她若有所思地用魔杖抵着下巴，“谁是厨师啊？这蛋糕口味实在不错——好吧，我们已经吃了一些。”触到蒂娜的目光，玛丽亚连忙承认。

“你的话可真多。”夏米特微微一笑，她挺喜欢捉弄人的，“好了，蒂娜，开吃吧，我们还都没吃饱呢。要早知道你起这么晚，”她瞅瞅洛蒲和玛丽亚，“我们就吃掉大半了。”她眨眨眼睛，声音中又包含了她一贯的调侃意味。

“好啦……”蒂娜应道，走到了餐桌前。

正当她们津津有味地品味着蛋糕时，窗外突然传来一阵纸在风中飘来的声音。紧接着，五封信从窗外飞了进来。夏米特抢先一步，接住了它们。

“啊啊啊啊！”她发出了高分贝的尖叫，“是成绩单！我还以为明天才发成绩呢！”

蒂娜和子岚同时飞奔而去，从夏米特手里查找自己的信。玛丽亚还在后方吃着蛋糕，洛蒲则是一副心惊胆战的样子，不敢上前领取自己的成绩。

“喏。”蒂娜拿了自己的信，又替洛蒲和玛丽亚拿了信，分别向她们抛去。玛丽亚一伸手接住了信封，洛蒲脸上带着嫌恶的表情——因为信封砸到了她的头。

大家都在拆信封，有的紧张万分，有的欢天喜地。蒂娜小心翼翼地拆开信封，生怕上面出现一个“差”或者“很差”。

蒂娜 LMDL 期中测试成绩

等级分为：优秀→良好→及格→不及格→差→很差

魔咒课：优秀医务课：及格

幻影课：良好变形课：良好

精神感能课：良好实战演练课：优秀

神奇动物课：及格神奇植物课：良好

飞行课：优秀历史课：及格

种族课：及格

蒂娜看着自己的成绩单，心里有说不出的喜悦与激动和说不出的失落。虽然自己考了三个“优秀”，可也有四个“及格”出现在自己的成绩单上。她转过头去，玛丽亚将自己的成绩单伸过来：“蒂娜，交换。”

蒂娜点了点头。她扫了一眼玛丽亚的成绩单——只有飞行课“优秀”，而历史课则是“不及格”。

“呀，我就知道你会在魔咒课和飞行课上拔尖！”玛丽亚兴奋地说，“呀，怎么了，子岚？”

蒂娜看见子岚情绪低落地坐在椅子上，便凑了过去，她的成绩单简直是让人啧啧赞叹——有整整九个“优秀”，但美中不足的是：精神感能课“良好”，飞行课“及格”。

“唉，糟糕透了。”洛蒲在一旁抱怨，“蒂娜，你的医务课是不是‘及格’？”

“完全正确。”蒂娜嘟囔着，心中暗暗疑惑：她的精神感能课考得并不好，因为拉本里成功看到了自己的记忆，可是为什

么是“良好”呢?

“我的医务课也是‘及格’。罗杰这个家伙又该高兴一回了。”洛蒲闷闷地说。

“是啊，没错。”蒂娜说，可却忘了自己究竟在赞同什么。拉本里那句话一直在蒂娜耳边回响：

“你的记忆可比别人有价值得多……”

假期没有布置作业。蒂娜无聊地躺在床上，极不情愿地翻着《魔药大全》。

那天下课，拉本里为什么去尼古斯的办公室？蒂娜跳下床，无意中瞄到《魔药大全》上的两种药水：真话药水和昏迷药水。她皱了皱眉，果断地无视了昏迷药水的存在，开始仔细地看着真话药水的作用和做法。

净是一些蒂娜没见过的药材：飞仙花、干旱雄狮鬃……她忙叫醒洛蒲。洛蒲狐疑地看着这本书，一眯眼，躺在床上：“哦，亲爱的蒂娜，你做真话药水干什么啊？”

“唔……我只是……做着玩玩。”

“得啦，有话直说。”洛蒲猛地睁开眼睛，没好气地说，“喂，是不是想去测验一下拉本里啊？”

蒂娜顿时傻眼：“你怎么知道的？”

“你当我是瞎子啊。”洛蒲哼了一声，“拉本里那天的事我也很想搞清楚。况且，我们还没学调取记忆术，更何况，学会了拉本里也能将我们击退——”

“别废话了。”蒂娜拿出自己的魔药锅，“那些草药……”

“去罗杰的办公室偷。”洛蒲斩钉截铁地说，“最好别让子

岚知道，她会发疯的。对了，叫上夏米特和玛丽亚。”

“你们终于回来了！”蒂娜和玛丽亚看着走进来的洛蒲和夏米特，猛地站起身，迎接她们手中的草药。

蒂娜哼哧哼哧地从包里抽出魔药锅，用点火器点燃火苗：“真见鬼，要调制一个星期呢！”

“那我们只好在上学后行动了。”洛蒲微皱眉头，“可能会有些危险……”

“等等！”蒂娜突然惊叫起来，“会不会……拉本里对尼古斯使用了调取记忆术？如果是这样，那我们的检测对象就不是拉本里，而是尼古斯！”

“你确定这样能行吗？”洛蒲和蒂娜“埋伏”在拉本里的办公室外，蒂娜已经使用了隐身咒，此时此刻她们已经等了将近一个小时，洛蒲正在怒气冲冲地埋怨，“喂喂，他怎么还不来啊？这些时间我宁可去写那该死的医务课作业！”

“唔……”蒂娜晃动着手中的真话药水，“百分之……八十啦。”她咕哝道，“我也没想到这么长时间啊。这个拉本——”

她突然打住抱怨的声音。在走廊的一头出现了一个瘦瘦高高的身影，正飞快地向这里移动。

“不对啊，是尼古斯！”洛蒲惊愕地摇摇头，虽然现在不能说话，她还是小声表示疑惑，“这里不是拉本里的办公室么？”

“看看就知道了。”蒂娜用蚊子叫般的细小声音回应洛蒲，因为尼古斯已经疑惑地扫视走廊。

他似乎认定刚才的声音只是自己的幻觉，小心翼翼地推开拉本里办公室的大门，溜了进去。他在里面翻箱倒柜地将一样样东西扔在办公桌上，一开始蒂娜还以为他找的是拉本里的照魔镜，但尼古斯找到它时仅仅好奇地瞥了一眼，便毫不犹豫地扔到办公桌上。

“洛蒲，我们用点真话药水。”蒂娜小声宣布，没等洛蒲发出同意的回答，便飞身一跃，将尼古斯摁倒在地。

尼古斯的双眼惊恐地睁大了，刚想呼叫求救，却中了洛蒲的无声无息咒和速速捆绑咒。他的嘴被蒂娜强行张开，里面盛了六滴真话药水。

“我倒过量了。”蒂娜晃晃瓶子，“上面说三滴就足够了，我们开始吧。”蒂娜轻松地给自己和洛蒲解了隐身咒，又冲着门口大喝一声：“听力全无！还有……幽灵族——灵之枷锁！”

“解咒。”洛蒲淡定地解了尼古斯的无声无息咒，劈头就问，“你到拉本里办公室干什么？”

“啊哈，”尼古斯眉飞色舞地说，“这你应该知道的——找0789嘛！”

“什么？”洛蒲和蒂娜疑惑地对视，随后蒂娜问道，“0789是什么？”

“哈，哈，你可真能开玩笑。忘了？0789不就是那个厄尔尼诺家族的纹章嘛！”

蒂娜的心咯噔一下，洛蒲也瞪大了眼睛。

尼古斯似乎把她们的沉默当成了默认，哈哈大笑：“你这老家伙，记性真是不好。你不是让我搜索那个纹章的下落嘛！对了，我已经抓住了厄尔斯那个老东西——”

“厄尔斯？”

“对啊，”尼古斯不耐烦地说，“他不是魔族厄尔尼诺家族

最后的传人嘛！不过，这个家伙着实没大有用——他甚至不知道自己就是一个几乎是纯血统的魔族人！”

魔族！这个名字在蒂娜的脑海中燃烧。仿佛有人给她讲过似的，一段魔族的历史立刻跳了出来。

魔族，这个枭龙星球上最残酷的种族，拥有异常强大的法力，令人害怕得窒息的黑魔法在他们的掌控之下。但，面对其他三个族群的合力强攻，魔族还是败下阵来。他们剩下的极少数族员带着最后的魔族天书逃离……

“不过，我们还是从纹章上套了一些情报……最重要的，就是这个纹章和一面分成两半的镜子——纹章说是什么‘另一半’是开启魔族天书第三页的钥匙，魔族天书第三页就在龙马德兰魔法学院的禁忌书房……但是，可恶的拉本里抢走了我的纹章……我来这里正是为了找这个……”

蒂娜和洛蒲面面相觑。

那个小镜子上的符号、纹章上的奇怪的话、尼古斯所说的秘密……原来这一切与失传已久的魔族天书密切相关！

这时，外面响起了“急急洞开”的咒语声。

“别急，”蒂娜咕哝一句，随后警惕地举起魔剑，“他应该破解不了灵气技能。我们先把尼古斯——”

这时，门上一道耀眼的青光闪过，拉本里怒气冲冲地站在门外。他的目光缓缓移动到蒂娜和洛蒲身上，最后在尼古斯身上定格了。

“哦，好吧，”他让人出乎意料地耸耸肩，“这么说，你们用了真话药水？”

“是的。”蒂娜举起魔剑的手仍没有放下。

“嗯，很好……我计划这个星期就去禁忌书房。”拉本里淡淡地说，看到洛蒲惊愕的表情，连忙补充，“我是用的记忆调取术。这应该能想到吧？纹章的确在我这里，那么，根据我的可靠情报，那面镜子应该在你们那里啦？”

没等洛蒲回答，蒂娜突然感到一阵眩晕。只见拉本里出现在自己的脑海中——

他又用了记忆调取术！

“你们那里只有一半？”拉本里若有所思地从记忆里抽身出来，毫不理会蒂娜抗议的眼神，“那我们必须今晚行动了。根据尼古斯教授这个幽灵族人的记忆，”蒂娜张大了嘴，可拉本里示意自己安静，“他们将在今晚抢走我的纹章和禁忌书房的‘另一半’。好嘛，”他瞥了尼古斯一眼，“该放他走了。一忘皆空！”拉本里对着尼古斯大喝一声，又用瞬间移动将他转移到他自己的办公室。

“回去准备一下吧。”拉本里望了望蒂娜和洛蒲，“晚上到我的办公室，就说是……补习精神感能课。”

“我们也要去。”玛丽亚、子岚和夏米特在拷问完蒂娜和洛蒲后，异口同声地宣布。

“好吧。”蒂娜心不在焉地翻着《魔咒大全》，寻找自己需要的咒语，“但我求你们稍微准备一下，不要老是吵吵闹闹……”

洛蒲不耐烦地答应了蒂娜一声，又低头使劲地翻着《幻影课课本》，寻找着可以用的幻影术；玛丽亚气鼓鼓地坐到自己的床上，百般无聊地抚摸着自己的魔杖；子岚点着头，用魔笔凭空变出了一个罐子，让它在玛丽亚头上来回旋转；夏米特挤在洛蒲的床上，把台灯一会儿变大一会儿变小。

屋外的天色渐渐暗下来。“该走了。”蒂娜激动而又紧张地招呼大家，拿起魔剑和一把关键时候自卫的小刀向拉本里办公室走去。

“这么多人。”拉本里满意地点了点头，“我们人越多越好。那么，跟我去禁忌书房……让我来——”他飞快地将所有人转移到实战演练场外，“这段路必须步行。”

蒂娜小声抱怨着，但还是让自己的魔杖上出现了荧荧的绿光。拉本里还是一副什么都不在乎的样子，大步流星地往前走着。

前面出现了一个魔法阵。拉本里将手放在胸前嘀咕几句，前面竟然凭空出现了一扇大门！

门里面是一条长长通道。虽然算不上华丽，但却有一种神秘的气氛，令人沉迷。蒂娜小心翼翼地跟在拉本里后面，她明白，很快就要到了——

突然，拉本里猛地刹住了脚步。几乎是同一时刻，他们身后传出“砰”的声响。二十多个灰袍人一下子出现在魔法阵前方，其中一个还不断发出愤怒的声音。

“快藏起来。”拉本里飞快地对蒂娜几人全部运用隐身咒，并给自己也念了隐身咒。但,身后的幽灵族人已经破了魔法阵，并看见了变身不及时的洛蒲。

“几个小孩。”领头的幽灵族人冷冷地瞥了一眼，蒂娜惊恐万分地发现自己和同伴已经被那家伙解除了咒语，“帕金森，去解决他们。”

一个身材魁梧的幽灵族人粗声粗气地应了一声，用一根粗粗的魔杖指向蒂娜和洛蒲所在地：“刻骨钻心！万箭穿心！”

蒂娜感到头脑一阵发热，猛地大喝一声：“无声无息！”蓝光与红光撞在了一起；而洛蒲也不甘示弱地发射一个咒语，挡住了万箭穿心咒。

“速速捆绑！武器脱手！”蒂娜一挥魔剑，发出两道蓝色的魔光。紧接着，她发动战士族的战技——飞沙走石，无数的尖石向帕金森飞去。大个子尖叫一声，被石片击倒在地。子岚和玛丽亚、夏米特也快速地发射一些乱七八糟的咒语。

领头的幽灵族人咆哮一声，启用灵气让自己浮在空中，向地面快速地抛出一个又一个的月灵气圆球。蒂娜惊恐地发现，这些灵气球每个都相当于两个月之诅咒的能量！

她一侧身，躲过了一个咒语，紧接着用自己最快的速度对同伴放射着月之祝福。但源源不断的银色圆球还是在不断地砸下来，她很快就要被击中了——拉本里在哪里？

突然，只听自己身边传出一声低沉的怒吼，拉本里解除了自己的隐身咒，出现在蒂娜身边，以迅雷不及掩耳之势一口气发射了五个月之祝福！

“杰拉！”拉本里仰头看着那个浮在空中的灰袍人，嘶吼道，“不要伤害这些孩子——我和你单挑。”

他是杰拉！蒂娜惊讶地都忘了发射咒语——幽灵族族长亲自参战！这意味着什么？

“好啊！”杰拉——幽灵族族长发出一声刺耳的尖笑，“来吧，拉本里！不过，那个预言中的孩子我可不能放过！幽灵族的族员，全力攻击！”

拉本里迅速升到了空中，但蒂娜无法再次关注他——她自己都已经性命难保了。她从五个索命咒中间飞身窜过，同时急速地发射了两个钻心咒。

无数的红光在走廊里嗖嗖地掠过，无数石块哗哗地掉落。幽灵族人已经有好几个被击昏了，但一个昏迷灵气团击中了夏

米特……蒂娜快速地浏览了战场，担心着拉本里的安危，终于动用了自己学到的最强战技——横扫千军！伴随着蒂娜愤怒的喊声，在她身后出现了一位足足有二十米高的幻影剑士！

拉本里惊讶地瞥了一眼蒂娜，表情又变得深不可测。

幻影剑士的出击又快又狠，一下子让整整八个幽灵族人倒在地上不省人事。蒂娜也累得气喘吁吁，不得不用屏障重重咒让自己恢复元气。

她现在终于可以安心地看一看拉本里的战斗了——因为大部分幽灵族人已经被吓得溃不成军。

这真是一场惊险的战斗。拉本里竟然使用了《魔咒大全》上等级最高的组合技，将无数咒语融合，一口气发射了三条宝剑形状的青色魔光。而族长杰拉也非等闲之辈，变出了五个灵气巨型盾牌，勉强顶住了咒语的强力猛攻。紧接着，他怒不可遏地发动了蒂娜的《灵气修炼宝典》上的顶级功法——星辰之怒。十五个鲜红的耀眼灵气环一齐冲向拉本里。拉本里连忙运用自己最高级别的幻影术①和灵气，让自己面前出现了一个巨大的、上面缠绕着雾气的盾牌来抵挡顶级功法的进攻。当他勉强顶住时，杰拉抓住战机，又释放了顶级功法日光陨落。拉本里显然就要支撑不住了——

蒂娜猛地站起身，发动自己剩下的全部能力再次使用了横扫千军！剑士和剩下的盾牌力量在拉本里身前被日光陨落击得粉碎，拉本里感激地眨了眨眼，又趁着杰拉没反应过来的时候沉着地再次使用了组合技……一道青色的魔光被杰拉的灵气弹

① 最高级别幻影术：可以让幻影成为真实的东西（食物、生命体除外）

簧弹开，击中了墙壁上的一块与众不同的紫色岩石！

只听“轰隆”一声巨响，紫色岩石竟然毫发未伤，但所有的岩石却迅速向两边移开。

这竟然是一个机关！

那里竟然是一个房间！在房间的中间，有一个银灰色的玉盆，上面漂浮着……蒂娜惊得连心脏都快停止跳动了：那上面飘着的，竟然是那片自己苦苦寻找的“另一半”！

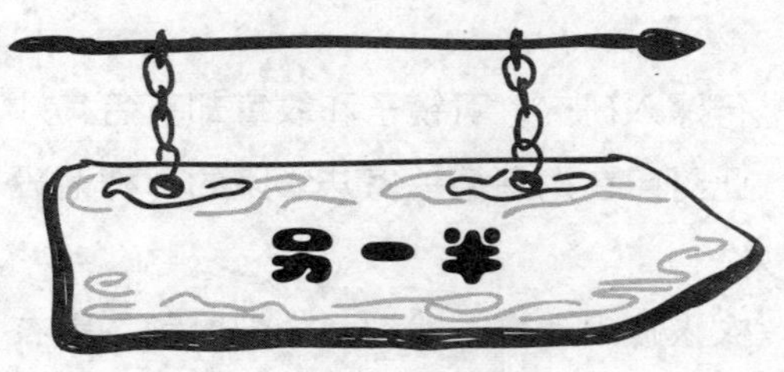

杰拉和拉本里、同伴们和幽灵族人……所有人都不约而同地看着那刚刚出现的房间。

“另一半！”蒂娜发出一声尖叫，飞快地冲过去，将那半片镜子猛地夺下。

拉本里的嘴角浮现出一丝笑意：“蒂娜，快把两片镜子合起来！”但他话音未落，幽灵族族长杰拉已经从身后猛冲过来，不断地对蒂娜发射相当于两个月之诅咒的圆球。

蒂娜怒吼一声：“铁甲防护！”铁甲咒的气浪把毫无防备的杰拉向后推了好几步。蒂娜在坚固的防护罩里将两片镜子拼在了一起——

玉盘突然发出了耀眼的亮光。蒂娜突然感到肩膀上的五角星突突地疼了起来——

她仿佛被卷进了另一个人记忆的漩涡，无数陌生的记忆在向她涌来：

那个人是魔法族族长，已经对魔族有所了解，此时此刻正在桌上雕刻着“另一半”上的小字，突然一群黑衣人推门闯进，最终将一张薄薄的、泛黄的神秘书页与一枚小巧的纹章放在桌上，并嘱咐他要用这面裂成两半的镜子与这枚纹章封印这张神秘的书页……

那个人在对书页进行深入研究，可镜子和纹章却莫名其妙地浮到空中，将书页从此封印在龙马德兰魔法学院的那神话般的禁忌书房……

那个人跟随一帮黑衣人跋山涉水，找到了一把魔剑。黑衣人声称魔族还会回来，并将这魔族三神器的其中一个交给那个人保管，让他找到一个四族魔法都能掌控的人，将魔剑不论通过什么方式都要给他……

那个人不明白这把魔剑有什么用处。这时候，他突然感到一阵眩晕，看见了一个在摇篮里翻来覆去的男婴。一个声音在脑海里说：把魔剑传给他！告诉他要把这把剑一直传给他的后代——他的后代将有一个是那个用四族魔力的人！

那个人走在街上，把魔剑交给了已经长大了的男婴。在他回去的路上，突然有一群幽灵族人把他拦住……

那个人就是……阿不思！

蒂娜发现自己又进入了梦境，阿不思站在她的身边。显然，他是故意把这段记忆呈现给蒂娜的。

“原来你早就知道这一切！”蒂娜再也按捺不住自己，愤怒不断地从她身体里喷涌出来，“为什么不告诉我？为什么要让我在黑暗中慢慢挣扎……”她的声音渐渐地沉下去，“阿不思！我一直把你当朋友！”

“这一切都是命运的安排。”阿不思缓缓地说，“作为魔族的委托人，我已经知道的太多，不可能与任何一个人成为朋友。”

蒂娜痛苦地摇摇头。突然，前方的树丛晃动起来。

“阿不思，我就知道你还没有真正死去！”树丛中窜出一个人影，蒂娜惊愕地发现拉本里竟然从树丛里跳了出来，“你知道魔族天书的下落？还有，”他皱了皱眉，“我还没见过一个死去的灵魂可以穿梭在真实世界和梦境中间——这已经不仅仅是一个人留下的印记灵魂——你是怎么做到的？”

“魔族。”阿不思望着久别重逢的年轻时候的朋友，“拉本里，魔族给了我双重生命。也就是说，我死去以后必须留在世间，但可以穿梭在真实世界和梦境中间。幽灵族人已经发现了我的秘密，所以才会拼命地抢夺魔族天书第三页，以为上面有双重生命的有关记载。可魔族不会把那么高深的东西藏在魔族天书第三页。”阿不思突然打住话头，“你们该回去了。记住，把镜子与纹章放在玉盘里。”

拉本里深不可测地咕哝一句，紧接着开始释放魔法。蒂娜眼前的景象变得模糊起来……

她苏醒在那个神秘的房间。杰拉已经抢过自己的镜子，细细端详。而尼古斯在杰拉身旁，举着法笔警惕地指着蒂娜，左手紧握镜子供杰拉研究。蒂娜从地上一跃而起，想起了阿不思说过的话，立刻大吼一声：“尼古斯手中的镜子，迅速飞来！”

镜子滑到了尼古斯的手指尖，尼古斯伸手敏捷地一抓，镜子又被他紧握在手里。

他愤怒得咆哮起来，随后发动灵气，用月之诅咒攻击蒂娜。可蒂娜多少有点准备，马上运用月之祝福，接着敏捷地一跳：“速速捆绑！隐形重拳！”两道蓝色的魔光飞快地向尼古斯飞去，其中隐形重拳咒猛地击中了他的腹部。尼古斯痛得尖叫起来，战斗被迫停止，双方靠着墙壁站在房间两侧，怒视着对方。

“你们不是想获得魔族天书第三页吗？”沉默的拉本里突然说话了，“把镜子和纹章一起放到那个玉盘里，就有可能获得魔族天书第三页。”

蒂娜惊讶万分地看着他：他怎么可以告诉幽灵族人？我真是看错他了！愤怒使她猛地蹿起，可却又被拉本里坚决的警告眼神压迫得坐下来。

“成交。”杰拉迟疑了一下，终究还是点了点头。

拉本里满意地点了点头：“好，那你得答应，不攻击这些孩子。”

“那你得答应不耍花招。”杰拉不信任地哼了一声。

他们一起警惕地走了过去，将镜子和纹章一起放进了房间中央的玉盘——

一个机械的声音在房间中回荡：“想要拿到魔族天书第三页的人们，欢迎来到死亡游戏。”

大家都懵了。蒂娜的心怦怦地跳着：死亡游戏？阿不思没和我说过！

"死亡游戏规则：每个进入游戏的人都会随机拥有一种超能力，系统会随时发射索命咒，必须及时躲避，否则在游戏、现实生活中都死去。不允许用隐身咒、飞来咒等咒语。"蒂娜倒吸了一口凉气，"游戏中还会有机关，只要找到散落在角落的圣器——纹章和镜子就算胜利。下面你们自己来分组，每个组最多七个人。"

听了这段话，所有的人都愣了足足一分钟才如梦初醒，呼啦啦地寻找自己的组员。

蒂娜与拉本里和伙伴们站在了一起；而杰拉选择了幽灵族人中的精英，尼古斯也赫然其中。

"很好，分组完毕。下面请进入游戏。"机械的声音刚刚说完，整个房间里便闪耀起耀眼的白光。

蒂娜猛地睁开双眼。

我这是在哪里？周围全是一种让人发怵的墨绿色植物，而她身边已经没有一个组员，没有一个幽灵族人。

“第二个人醒来！”突然，游戏世界里宣布道。紧接着，蒂娜脑海里响起了告知自己能力的声音：“魔法学员蒂娜，你的超能力是感知自己周围的事物。”

蒂娜小幅度点点头，同时正在飞快地思考着：这么说，我是第二个醒来的……那么如果第一个是幽灵族的家伙，我们就要吃亏了……她刷地站起身，紧握自己的魔剑，迈开小步向前循着墨绿色植物构成的小路走去。

“第三、第四个人醒来！”蒂娜耳边响起震耳欲聋的宣布声。她的心顿时一紧，可系统从空中射下五个索命咒，使她不得不释放魔咒，并在最后两道魔光中间穿梭。

这太荒唐了。蒂娜恼怒地想：我要躲避一个我永远无法攻击的人发出的索命咒！

她快步向前走着。这时，在前方凭空出现了一只奇形怪状的家伙，是蜗牛魔兽——神奇动物课上讲过！

她快速地念出了昏睡咒。但蓝色的魔光击在蜗牛的外壳上，反倒被反弹了回来。这家伙彻底被激怒了，狂怒地向蒂娜冲过来。蒂娜惊慌地躲避这致命的一击，随后又运足灵气，发射了一个月之诅咒。蜗牛魔兽被这一击打伤了，可撞击还是势头不减。

她恼怒地侧身躲过撞击，拼命地回想神奇动物课上的知识。可恶，要是认真听课就好了……等等，子岚的笔记上说要攻击蜗牛的腹部！啊，我怎么能击中这个该死的家伙的肚子！

突然，她感到脑海中一个声音轻轻地响起，还配着“嘟嘟”

的警告声：敌方的帕金森正在靠近。

啊，蒂娜心生一计，连忙迅速向后方撤离。在蜗牛快要追上时，突然响起帕金森发动灵气的声音。蜗牛魔兽疯狂地冲着帕金森冲去，把蒂娜抛之脑后。

蒂娜暗自窃笑着，飞快地回到自己之前走过的十字路口。

正当蒂娜窃喜之时，系统的声音突然尖叫起来："幽灵族一方找到了纹章！"

蒂娜失声惊叫。

她加快速度，在小路上飞奔起来。

"前方出现我方的洛蒲。"

"蒂娜！"小路不远处出现了洛蒲的身影，她向洛蒲飞奔而去，"你的超能力是什么？我的是仅有一次的时间倒流。"

"好棒的超能力！"蒂娜由衷地称赞，"我的是感知自己周围的事物。你遇到敌人了吗？"

洛蒲耸耸肩："遇到了杰拉。那时候他正在被一只八爪鱼高级魔兽纠缠着——他可真够倒霉的。"

"我能想象那是什么样子。"蒂娜用打趣的口吻说。

突然，她脸上的笑容僵住了。"幽灵族的厄瑟尔来了！"她急促地说，"我们能对付他吧？"

"没问题！"洛蒲信任地一挥魔杖，突然压低声音，"其实阿不思也告诉过我你就是那个预言中的人——别打断我，"洛蒲伤心地小声说，"他说与你并肩作战是我的使命。我当时很嫉妒你，对不起，我觉得该告诉你了。"她皱皱鼻子，把声音调成欢快活泼，"我们来对付这个大块头。"

蒂娜站在一旁，没回过神来。

她告别了洛蒲，独自走在小道上。这时，她瞧见前面的墨绿色植物上跳动着星星点点的光斑，让绿色植物变得不再那么令人毛骨悚然，心里舒坦了许多——至少，系统没有报警说有敌方靠近，也没报告新的寻找情况。

等等——光斑？

她循着光斑出现的地方仔细寻找起来。光的折射……这里一定有“另一半”！正当她在细心寻找时，脑海中突然响起刺耳的滴滴声，紧接着报告声响起：

“敌方的杰拉正在靠近。”

蒂娜顿时紧张起来。但是，她等了好长时间，虽然脑海中仍在提醒杰拉靠近，但却不见杰拉的人。

“嗨！”突然，她身后响起一个熟悉的声音。她猛地转过身来，拉本里站在那里，脸上带着机械的微笑。为什么拉本里的到来没有提醒？

“啊，对不起，”拉本里的声音显得有点慌乱，“吓到你了吗？呃——我是说，你的超能力是什么？”

怎么这么奇怪？等等——！

“举起手来！”蒂娜突然嘶吼起来，“你不是拉本里——他永远不会像你这样吞吞吐吐！”

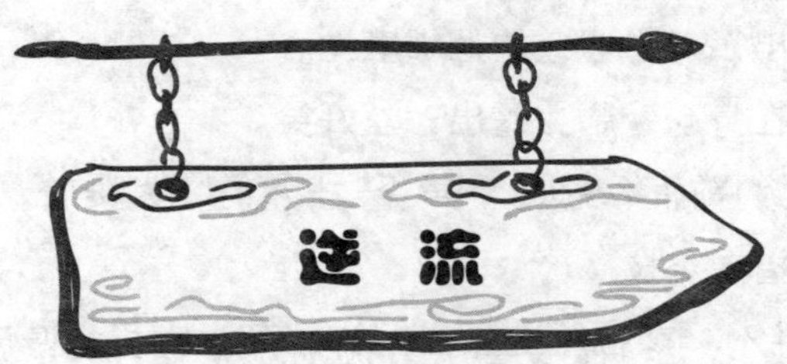

“还挺聪明！”那个人发出一声冷笑。顿时，眼前的拉本里消失了，只见杰拉站在自己身前，用法杖指着蒂娜，嘴角一扬，露出一丝阴笑，“我的能力是易容术。你的好朋友玛丽亚在我这里，你要是识相的话就给我找到‘另一半’，否则……”

蒂娜怒不可遏地怒视着杰拉，但看到玛丽亚惊恐地从树丛被杰拉拽出时，不得不低下头装作寻找着“另一半”。

“动作快点——我只给你五分钟时间。把魔剑交给我。否则，”杰拉狞笑着，把法杖指向玛丽亚，“她将会……你懂的。”

蒂娜恨恨地哼了一声，把魔剑扔在地上。这下好了，蒂娜没好气地想，我连武器都没有了……

她突然听到自己口袋里响起的叮当声。对，还有一把小刀……她刚刚燃起一丝希望，又马上泄了气，好嘛，她一边发狠，一边装作找“另一半”，一把小刀对付一根法杖！

她看到了一个埋在墨绿色植物中的小镜子。找到了！她心中一阵狂喜，将手伸向口袋，取出小刀……是时候行动了！

她猛地站起身，趁着杰拉发懵的空档，以迅雷不及掩耳之势猛冲过去。可杰拉也不愧为幽灵族族长，很快反应过来，向蒂娜发射了一个月之诅咒。蒂娜不得不先捡起地上的魔剑，释放月之祝福，同时射出了一道蓝色的捆绑魔光。

杰拉把玛丽亚挡在身前，脸上露出一丝奸笑。

蒂娜连忙绕到他们前面，怒骂一声："挡咒！"紧接着，她怒气冲冲地把魔剑指向杰拉。

"就凭你？跟我斗？"杰拉脸上露出些许轻蔑，嘲弄地哼了一声，"我让你先发招——我倒要看看你怎么击倒我。"

蒂娜怒吼一声，立刻使出了战技："横扫千军！"可杰拉轻轻一挥法杖，一青色的灵气箭立刻将幻影剑士击得灰飞烟灭。

"你开始正式进攻了吗？"杰拉看着她，懒洋洋地半闭着眼，声音里有一丝嘲弄。

蒂娜脸微微一红，很快使出了最简单的咒语组合技。一道灰色的魔光飞快地向杰拉冲去。杰拉面不改色心不跳，伸出法杖，轻而易举地变出盾牌挡住了咒语。

"你的攻击结束了？"杰拉平淡地说，声音突然变得恶狠狠的，"那现在轮到我了！"

他飞快地射出一个星辰之怒。蒂娜大惊失色，连忙一边躲避消耗星辰之怒的能量，一边使用三个战士族的青铜护盾，勉强顶住了攻击。

她惊呆了！杰拉竟会对自己下狠手！但她很快狂怒地连续攻击：她先射出一道灰光，紧接着使用了飞沙走石，然后忙不迭地给自己建立起魔法族的咒语屏障。

杰拉怒吼一声，挡住所有的尖石片，然后变出一个盾牌。他接着一抬手，连续发出十个索命咒。

蒂娜慌乱地躲过三个索命咒，紧接着疯狂地发射无声无息咒。一道道蓝光与红光撞在一起，蒂娜看到屏障被击碎但所有索命咒都被抵消了的时候，不禁松了口气。

“还挺会玩儿的呢，”杰拉眯起眼睛，“尝尝这个——速速夺魂！”一道金色的魔光飞快地向蒂娜飞来。蒂娜发出一个无声无息咒，但是却不能抵消！

啊，该死！蒂娜闪身躲过，可咒语却又再次向她飞来。她恼怒地嘟囔一声，朝身后拼命地发射咒语。

不知道发射了几个无声无息咒，夺魂咒终于被抵消了。她刹住脚步，呼哧呼哧地喘着粗气，但仍毫不手软地回击：“刻骨钻心！铭心索命！”

杰拉轻松地挡开两个咒语，紧接着发射了三个夺魂咒。蒂娜绝望地大吼一声：“铁甲防护！铁甲防护！”

两个护盾立刻立在蒂娜面前，勉强挡住了三个咒语。蒂娜的魔力消耗了不少，但也不敢懈怠，立刻使用飞沙走石，猛烈攻击杰拉。杰拉总是懒洋洋地变出盾牌，挡住她的进攻。

“不和你玩儿了。”突然，杰拉把法杖指向玛丽亚，“快把‘另一半’给我。我知道你已经找到了。”

蒂娜连忙停下进攻，生怕自己伤到玛丽亚。玛丽亚被法杖抵住太阳穴，惊恐地摇摇头：“蒂娜，如果你真的找到了‘另一半’，千万不要给他！”可她话音未落，杰拉便放出了钻心咒。玛丽亚痛苦地尖叫起来，身子缩成一团。

蒂娜心如刀绞。

“要么交出‘另一半’，要么看着你的好朋友惨死！”杰拉恶狠狠地威胁。

她向藏有“另一半”的地方走去,艰难地弯下身子,将“另一半”从植物中费力地拽出来。墨绿色植物尖叫一声，死死缠住了蒂娜的手腕。

蒂娜伸出魔剑，厉声割断了这些恼人的藤蔓。她小心翼翼地将“另一半”取出来,心里还在盘算怎样才能既救出玛丽亚,又获得“另一半”。

“把它交给我！”杰拉厉声说，他的手在颤抖。

蒂娜将“另一半”交给了杰拉，痛苦地闭上了双眼，殊不知杰拉已经举起法杖，对准蒂娜——

“蒂娜！不！”突然，远处响起洛蒲的尖叫声，“时光倒流！”

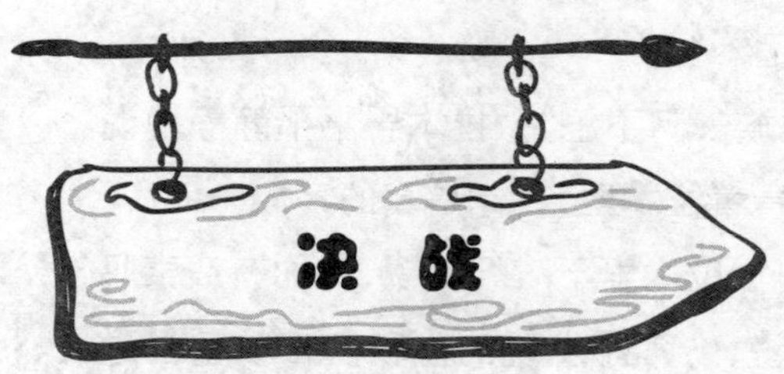

蒂娜感到一阵眩晕，周围的一切都在快速地消失。

当她睁开眼睛时，惊讶地发现自己在与洛蒲相会的地方，而洛蒲就站在自己身边。

“你用了时光倒流？”蒂娜脱口而出。

“是啊，为了救你和玛丽亚。”洛蒲轻轻地说。

“那么……”蒂娜停顿了一下，“我们要赶快拿到‘另一半’，不能让杰拉得逞！”

“没错。”洛蒲表示赞同，立刻与蒂娜飞快地奔向蒂娜发现藏有“另一半”的地方。

“我方的拉本里正在靠近。”蒂娜疑惑地再次收听警报。拉本里？该不会是我的超能力出问题了吧？总之，不能掉以轻心。

“他来了。”蒂娜小声说，小路的远处出现了拉本里的身影，蒂娜举起魔剑。

“杰拉！”她嘶吼道。

“蒂娜？你没事儿吧？”拉本里显得十分困惑，随后警惕地四处张望，“杰拉在哪儿？”

“别装！”洛蒲愤愤地说，“无声——”

“先别攻击。”蒂娜眯起眼睛，望向拉本里，“拉本里和我一起进入梦境见到了谁？”

“500 年前的魔法族长阿不思。”拉本里平平静静地说。

蒂娜难以置信地看着拉本里：“你是真的？”

“什么真的假的！”拉本里不耐烦地说，“你有线索吗？”

“当然。”洛蒲忙说，“蒂娜发现的，我们正准备赶过去。”她尴尬地耸耸肩，“我们还以为你是杰拉用变身术假扮的呢。”

“好了，现在知道我是真的了！”拉本里哼了一声，“你们在前面，我在后面看看有没有人进攻。”

他们成功击退了杰拉。“魔法族人获得‘另一半’！只剩最后一样圣器了！”游戏场景中回荡着响亮的宣布声，蒂娜望着手中的“另一半”，激动而又小心翼翼地将它轻轻放进了口袋。

洛蒲喉咙发紧：“只剩下半片镜子了，不是吗？”

“对。”蒂娜紧张地抽搐了一下，“我们一直在一起吧，万一遇到危险还能勉强应对。”

“好极了。”洛蒲嘟囔一句，“要是拉本里和我们一起就好了。”

突然，远处传来隐隐约约的打斗声。没等蒂娜和洛蒲赶过去，便听到一个幽灵族人的一声尖叫：“空间支配！”

空气凝固了。蒂娜和洛蒲都站在原地，眼前一片黑暗，什么也听不见。而那些打斗的人也保持着刚刚的动作，僵在自己的位置上。

紧接着，那个幽灵族人从人群中走了出来，大声宣布：“我

和所有的幽灵族人在一起——除了尼古斯。所有魔法族人分散到不同的角落，拉本里到八爪鱼高级魔兽那里。蒂娜和洛蒲分开，蒂娜到东边一千百米处，而洛蒲，”他脸上生动地狞笑着，“到西边三百米处。尼古斯去和蒂娜呆在一起。”

蒂娜醒过来时，发现自己身边躺着仍然昏迷的尼古斯。她渐渐地回忆起了之前发生的事：一个幽灵族人在战斗中喊了声“空间支配”……要找的东西只有半片镜子了……就这么简单。

她轻轻一跳，躲过一个系统发射的索命咒，心里生着所有人的闷气。突然，她看到自己身上在刚才跳动的时候好像出现了星星点点的黄色光斑。

她的心怦怦地跳着。运气这么好?

她小心翼翼地循着方向找去。突然，她身后响起一声惊天动地的叫声：“灵气操纵绳！”

没等她反应过来，便被一条长长的褐色绳子捆住了身子，动弹不得。她的魔剑掉在地上。

她倒在了最后一样圣器前。

她猛地回头，只见尼古斯奸笑着站在自己身后，手中玩弄着他那支细长的法笔。

“被我逮到了，是啊。”尼古斯圆滑地说，“你有另一片镜子的线索了？”

“没有。”蒂娜咬牙切齿地说。

突然，她心头一震。那把小刀在自己的口袋里一晃一晃，撞在镜片上发出叮当的脆响。

她悄悄从口袋里掏出小刀，在尼古斯看不到的一面绳子上快速划着。尼古斯皱了皱眉，脸上却仍挂着得意的微笑，这使他变得十分难看："是吗？别对我撒谎！"

捆绑蒂娜的绳子被割开了一半。

"快回答我！"尼古斯嘶吼起来，狂躁地把口水都快喷到蒂娜的身上了。

绳子开了。

有那么短暂的一个停留，紧接着蒂娜从地上弹起，不知怎的，尖叫出了那个自己一直想尝试的咒语："灵光守护！"

"砰"地一声巨响，蒂娜的魔剑尖上迸出了闪亮的火花，使她不得不闭上眼睛。当她勉强地睁开眼睛时，在她的上空出现了一只青紫色的、身上缠绕着一些云雾的家伙，伸展四蹄，在空中有节奏地走着……

是独角兽！

只见独角兽一甩长长的鬃毛，飞快地向尼古斯飞奔过去。尼古斯大惊失色，立刻惊声大喝："灵气守护①！"一只棕色的、身上缠绕着云雾的长毛大狗立刻从他的法笔尖上迸出，两只守护神在空中互相攻击着。

独角兽长嘶一声，甩动马尾，长长的尖角抵在大狗的腰际。大狗狂怒地吼着躲开，但还是被划了一道口子。两只守护兽在空中不断地踏着空气，凶狠地喷着鼻息。最终，长毛大狗哀号一声，夹着尾巴逃回尼古斯身边。蒂娜趁机捡起另一半镜子。

尼古斯的双眼却惊恐地睁大了："你的守护兽……你是她！"

① 灵气守护：幽灵族的唯一咒语。

“幽灵族的杰拉正在靠近！”没等蒂娜理解这句话，她的脑海中便传出嘀嘀的报警声。

杰拉出现在小路的后方。他向蒂娜一眯眼睛，射出了二十个铭心索命咒！

突然，一道黑影闪过，替蒂娜挡住了所有的咒语。

蒂娜心头一震，费力地看清楚眼前的情况——

只见尼古斯软软地瘫倒在地，手里紧握着一个小玻璃瓶，双眼空洞地睁着：“拿好这个……再见……娜……”

"魔法族胜利！"蒂娜听到这一消息，却没有像自己想象的那样欣喜若狂。尼古斯的死让她不知所措。她凝视着手中的小玻璃瓶，那银色的液体打着旋儿，她将小瓶子放进口袋。

"尼古斯的记忆。我现在好像有点明白了——他不是一个纯血统的幽灵族人。他有一半魔法族的血统呢。"拉本里很轻很轻地说，"应该这样……跟我来吧。"

他毫不理会杰拉愤怒的咆哮，沉默地拿起魔族天书第三页，那泛黄的羊皮纸在微风中一晃一晃。

洛蒲、玛丽亚她们心领神会，立刻知趣地向寝室走去。蒂娜沉默不语，紧跟着看起来一改平时无所不知的神秘样子的拉本里，心里升起无数疑惑的谜团——尼古斯为什么要为我挡住咒语?

拉本里取出一张特别的通行卡，打开了校长室的大门。

斯贝里正在一个柔软的躺椅里面侧卧着，紧皱眉头看着一份稿件。看到拉本里和蒂娜不告而入，皱了皱眉："怎么，拉本里，又发生什么事儿了？"

蒂娜从他的话里闻出了火药味。可拉本里不慌不忙，把双手放进牛仔裤的口袋："把冥砂炉借我们用用。"他不客气地说，蒂娜看到斯贝里扬起了眉毛，"我们有重要的事情。"

"好吧，看在蒂娜是预言中的人的份儿上——"斯贝里不情愿地哼了一声，又好像为拉本里听了这个消息没有惊讶而感到恼怒，"冥砂炉在那里。"

"把你那个小瓶子里的东西倒进去——那是记忆的液体。"拉本里命令道。蒂娜打量着这只小巧的银色小炉，轻轻地拧开了瓶盖，将里面的银色液体倒进炉嘴。

"把手放在炉上。"拉本里毫不理会斯贝里恼怒的夸张翻动纸页的声音，手轻轻地抚摸着小炉，蒂娜能看出他心中的渴望。这是尼古斯的记忆？她把手放在小炉上。

突然，一种头晕目眩的感觉向蒂娜袭来。

她发现自己在龙马德兰魔法学院的八年级教室门口，拉本里正站在她的身边。

这时候，八年级（20岁）的尼古斯正匆匆地走进实战演练场，他的身后有一个女孩紧跟着。

"那是你的妈妈。"拉本里的话让蒂娜一怔。她听过别人说起过自己的母亲：她在生自己几个月的时候使用了魔法，不幸离去了……她就是我的妈妈？尼古斯和她认识吗？不知怎的，蒂娜的视线突然因泪水蒙胧起来。

"今天我们进行团队训练。"澜尔一脸严肃，"两人一组，自己选择搭档。"

大家迟疑了一下，忙着找自己的搭档。纳薇和尼古斯站在原地，稍微晚了一点，没有搭档的便只剩下了他俩。蒂娜能感受到尼古斯的心理活动，这种感觉很奇怪——在别人的记忆里，自己仿佛就成了那个人似的，在重温自己做过的事情……

蒂娜能感觉得出，尼古斯是喜欢纳薇的。他脸上带着僵硬的笑容打了声招呼："嗨，好像……只剩下我们两个人了。"

纳薇一扭头，哼了一声："别想跟我做搭档，没门！"她一抬下巴，"教授，我不想和他做搭档！"

澜尔这时候正忙着打开实战演练场的八年级关卡，哪有时间理会小女生的不满情绪，随口丢下一句话："你们俩一对得啦，哪来那么多事！"

20 岁的男女对"一对"之类的字眼很敏感。尼古斯的脸顿时涨得通红，纳薇也抿住嘴唇，一言不发，果断地无视周围同学异样的目光，和尼古斯一起进入了实战演练场。

"特殊关卡：鬼魂森林。"仍是那个听了八年的呆板声音，但"鬼魂森林"四个字却让他不寒而栗。鬼魂森林，八年级最难的关卡，要在鬼魂的包围中走出迷宫一般的森林，谈何容易！

纳薇的手明显颤抖了。尼古斯的心一动，但很快镇定下来，大脑飞快地搜索着击败鬼魂的方法——是的，击败鬼魂的方法只有一个，召出自己的守护神，用正义的力量击败它们！

"灵气守护！"纳薇低语。一只美丽的青紫色独角兽从魔杖尖端迸出。周围游移的鬼魂尖叫着想要靠近人，但很快被独角兽的长角顶了回去。

"你愣着干嘛？召唤守护神啊！"纳薇松了口气，瞪着身边呆若木鸡的尼古斯。尼古斯欣赏着纳薇清澈动人的眸子，心不在焉地挥动法笔："灵气守护！"他掷地有声地说。一只长

毛大狗飞窜而出，与独角兽并肩作战。鬼魂四散而逃，但尼古斯却没有一丝放松：边界鬼魂是最弱的，越走鬼魂越多越厉害。

突然，尼古斯的长毛大狗轻吠一声，走到了独角兽身边。独角兽羞涩地抬起头，与长毛大狗皮毛相擦。

尼古斯的心跳得飞快。这，这是怎么回事？

纳薇的脸瞬间变红。她捂住嘴，清澈的瞳仁反射出一抹惊讶。尼古斯掩盖住自己的惊诧，第一次牵起了纳薇的手，毅然决然地走进了黑色一片的森林。

他们越走越远，鬼魂也不断增强，但两只守护神的默契配合总能一次次击败强敌。很快，他们走到门口了。

竟然没有一个鬼魂出来迎战。尼古斯颇感惊讶，但感受到了纳薇手上传来的颤抖，柔声安慰：“别紧张，有我呢。”

突然，守护神前面凭空冒出一股杀气。还没等尼古斯反应过来，一把灵魂匕首飞快地向纳薇刺去。

没有思考，尼古斯立刻飞身挡在了纳薇面前。一阵彻骨的疼痛袭来，紧接着，眼前一片黑暗。

不知过了多久，尼古斯醒了过来。洁白的床单、柔软的枕头、一股浓浓的药水味道——这里是校医务室！

纳薇！纳薇……她怎么样了？他挣扎着想坐起来，但却被巨大的疼痛“押”回床上。一抬头，触到了纳薇那双清澈温柔的眼眸。

“为什么这么冒失呀，你差点就死了！”纳薇呵斥道，两行眼泪却不听话地流了下来。

“因为，纳薇，你是我最重要的人。”

为什么，命运这么捉弄人？尼古斯百感交集。毕业很久了，他和纳薇也分开很久了，自毕业起就没能再见过一次面。他回到学校从事了飞行课的教授，纳薇却远在幽灵族，奉族长斯贝里之命与古锡莱一起当幽灵族的间谍。最近幽灵族和魔法族交战十分频繁，因此，间谍竟成为必要的了。

他攥着纳薇几天前给自己来的信，牙齿紧紧地咬着嘴唇。信里说，纳薇已经成为古锡莱妻子，并有了身孕。

"杰拉，我求求你，不要伤害纳薇……"在一个昏暗的房间里，尼古斯跪在地上，苦苦地哀求着幽灵族的族长——杰拉。

"那个间谍，跟你没有关系。你是在将领们出去征战的歇息地偷听到的消息吧？哈，尼古斯，你也有一半的幽灵族血统，莫非你——"杰拉嘲弄地哼了一声，声音中带着怒气，"你是个人才，尼古斯。你想救纳薇，只有一个办法——在魔法学院，做幽灵族的间谍。"

尼古斯沉默片刻，一咬牙："我答应你。但你必须保证不伤害她。"

纳薇出现在一个病房里，默默地看着摇篮里的婴儿。蒂娜知道，那是她自己。

纳薇回忆起了古锡莱的死。她举起魔杖——

"不！"突然，窗外响起一声尖叫。尼古斯迅速出现在了病房中央。纳薇缓缓地转过身。

"纳薇，你不能这么做！"他急促地说，"你挡不住这股黑魔法——她是预言中的孩子，除非你用生命铸成魔法枷锁——

那样也不能永远地封存——"

"你来这里干什么？还肆无忌惮地用了幽灵族的瞬间转移？别以为我不知道你在窗外！这里是魔法族！"纳薇冷漠地说，眉毛高高扬起，"杰拉的宠儿！投靠幽灵族的懦夫！"

"我——"尼古斯张嘴欲辩，可又把到嘴边的话咽了下去，"不管怎么样，你不能牺牲自己——"

"我的事你管不着。"纳薇举起魔杖，"你要么离开，要么被我的咒语击中！"

"你还不能释放魔法！"尼古斯刚想阻拦，可纳薇却举起魔杖，眼中闪烁着痛苦与冷漠的光："生命，铸成封印黑魔法的魔法枷锁！"

"不……纳薇！"

蒂娜从尼古斯的记忆中抽身而出，久久说不出话——我的妈妈，竟然是因为我而死的！

“蒂娜，你能不能振作一点？还有三天就要期末考试了！”望着自从看了尼古斯记忆以后就一直阴郁不语的蒂娜，玛丽亚喋喋不休地说，“你起码得考完试再好好思考吧？”

蒂娜沉默地摇摇头，又点点头。

“你到底是什么意思？”洛蒲也忍不住插话了，“算我求求你了，要是罗杰看到你期末考试的成绩——天哪，我真想去死。”

蒂娜扑哧一笑。看到室友们整整三个月的苦口婆心没有白费，洛蒲暗暗松了口气：“快点复习，OK？”

“好吧。”蒂娜心不在焉地应声，可思绪早已飘到了九霄云外。她机械地取出《精神感能课课本》。

突然，寝室门口传来夏米特急促的叫声：“蒂娜，拉本里让我给你这个。”

蒂娜一愣，看着夏米特手中的一个小包裹。她轻轻地展开它，只见里面包着那张魔族天书的第三页。

她想起在死亡游戏里的一幕幕，心头一震。

“我们来复习。”她轻快地说，洛蒲和玛丽亚交换了一个惊

喜的眼神。

终于解放了——在今天，最后一门最令人头疼的医务课也考试完毕。寝室里终于打破了考试时期的宁静，整个校园里的欢呼声、打闹声此起彼伏。

洛蒲又故技重施，搞来了一更加“巨大”的巧克力蛋糕，在寝室里悠闲地半眯着眼：“我们还需要在学校呆上五天——唉，一年级的成绩应该来得快吧？”

“希望如此。”蒂娜打趣地咕哝一句，“我都迫不及待地想到洛蒲家住了。”在考完医务课的时候，洛蒲心情大好，邀请蒂娜、玛丽亚和夏米特在假期去她家住一个月。

夏米特把一块蛋糕塞进自己嘴里，含糊不清地应了一句：“是啊，”她阴郁地微微皱眉，“我真希望我的种族课成绩不是‘很差’。我觉得我答得糟糕透了。”

“别提一些不高兴的事。”玛丽亚立马让夏米特住嘴，“我们来看看魔族天书第三页吧——”她建议道，“这可是我们费了好大劲而才拿到的……”

蒂娜小心翼翼地从抽屉里拿出那泛黄的纸卷，轻轻地打开。上面用浅浅的黑色墨迹写着三个咒语：

祭祀之羽。作用：反弹。

起死回生。作用：让人重新活过来（仅对铭心索命咒有效）。

速速还魂。作用：速速夺魂咒的解除咒语，同样可以挡咒。

“我没看出羽毛和反弹有什么关系。”洛蒲嘀咕着，她突然

兴奋起来，“你来试试？”只有蒂娜会黑魔法。

还没等蒂娜表示赞同，洛蒲便一挥魔杖，开玩笑地望向蒂娜：“蒂娜——无声无息！”

蒂娜装作生气地咆哮一声，紧接着敏捷地将魔剑从床上抄起：“祭祀之羽！”

魔剑顶端闪出了紫色的亮光。洛蒲的蓝色魔光在离蒂娜只有半米时突然掉转方向，向着洛蒲飞去。

洛蒲难以置信的尖叫一声，接着手忙脚乱地挡住了咒语。“我还以为那是假的呢！”她喘着粗气说。

“魔族天书第三页还会掺假？”子岚打趣地咕哝一句，“亏你想得出来。”

夏米特不动声色地注视着窗外：“我就不信等到成绩来了你们还能笑出来。”她担忧地嘀咕道，“斯贝里不会在结业典礼上公布成绩吧？”

“干嘛这么担心？即使你考得很差，斯贝里也不会公布成绩的啦。不过罗杰很有可能公布我和洛蒲的成绩——”蒂娜刚刚不满地嘟囔完，却听到洛蒲的一声惊叫。

她缓缓地转过头去——窗外，有五封羊皮纸信正顺风飘进她们的寝室！

这次蒂娜抢先一步，一把抓住了两封信。可没等她反应过来，其他三封信不幸地被风吹到了蛋糕上。

“我的天哪！”蒂娜眯起眼睛，把自己手上的信物归原主，然后厌恶地望着自己沾满奶油巧克力的信封，“但愿里面的成绩不要和它的封皮一样糟糕。”

“我的种族课成绩一定比封皮还要糟糕。”夏米特从蛋糕上拿下自己不幸的成绩传送信，阴郁地发泄自己心中的不满和紧张。玛丽亚在一旁哈哈大笑——夏米特正在拆信封的手上沾满了黏黏糊糊的巧克力酱。

蒂娜取下自己的信封，焦躁不安地拆开了它。“清理一新！”她用魔剑清理干净自己和夏米特以及最后一个倒霉者洛蒲的手，把里面的成绩单抽了出来。

蒂娜 LMDL 期末测试成绩

等级分为：优秀→良好→及格→不及格→差→很差

魔咒课：优秀医务课：良好

幻影课：良好变形课：良好

精神感能课：良好实战演练课：优秀

神奇动物课：良好神奇植物课：及格

飞行课：优秀历史课：不及格

种族课：及格

我的医务课竟然是良好！“唉,历史课‘不及格’。”蒂娜、洛蒲和玛丽亚异口同声地说。三人相视一笑，蒂娜的成绩还算不错，她连忙安慰自己和同样不及格的伙伴：“历史课嘛，谁管那些玩意儿？”

“我的老天！我的种族课——我就说吧——‘很差’！”夏米特怒不可遏的喊叫打断了蒂娜安慰的话语。她像一头暴怒的狮子，在寝室里摇头晃脑，尖声乱叫。

“别生气，我的种族课也不及格呢！”玛丽亚调整好自己的情绪，忙不迭地去帮助夏米特冷静下来，“我还要继续选修种族课呢——这够糟糕的了！”

“是啊，起码我以后不用受那些乱七八糟的资料的折磨了[①]。”夏米特舒了一口气，心情好了一点。

看到心情好转的夏米特，蒂娜不由得松了口气。但一想到自己下学期还要面对更加枯燥的历史课学习和令人厌烦的医务课学习，脸上便出现了一丝阴郁。

“我们还要在学校呆上五天并参加完结业典礼才能回家？”突然，洛蒲带着怒气的声音让蒂娜回过神来，“天哪！那我们这整整五天能干什么？”

“我们可以写假期作业。”子岚一本正经地建议道，又噗嗤一声笑出声来，“不过……我想我们还是可以玩几天的。”

“又是作业！”玛丽亚气鼓鼓地抱怨，“写历史课作业和种族课作业简直是一场灾难。还有调制亢奋剂，我打赌我会做成一团浆糊——”

“我们可以先练习幻影课的作业。”蒂娜信心满满地建议，随手从空中变出一个罐子。

“把那个罐子放下，你这个恶毒的孩子！”窗外传出吉尔吉斯愤怒的咆哮。蒂娜望着自己的幻影罐子，哈哈大笑起来。

---

① 考了“很差”下学期就不能继续选修此学科。

"快点走。"蒂娜借助自己魔剑上的光，费力地看清前面结业典礼大厅的门，"很快就要到了——"

"真可恶，走廊里也不开灯。"魔杖同样闪着光的洛蒲从喉咙深处发出一声咒骂。蒂娜耸耸肩，插入了通行卡，结业典礼大厅的门缓缓敞开——

大厅虽说和开学典礼的是一个厅，但现在却被均匀地分成了九份，九个年级的学生坐在自己年级的区域里，尽情地享受着餐桌上的开胃甜点。蒂娜望向一年级的区域，那里已经被挂上了红色的锦旗，上面的字被施了变形魔法——毫无疑问，上面的字样都是对现在的最高分一年级一班的庆祝词。蒂娜和身边的洛蒲懊恼地对视：只要罗杰在，她就不会让蒂娜和洛蒲的班级得一次第一名。

"真是糟糕透顶。"玛丽亚厌恶地望着在一年级一班餐桌旁得意洋洋、讲述着自己如何从尼古斯那里给班级挣得一百分"光荣历程"的吉尔特，那样子就像望着一只身上长满脓包的八爪鱼魔兽，"我真想给他念个捆绑咒。"

蒂娜板着脸点了点头，随后急匆匆地与洛蒲、夏米特告别，和玛丽亚、子岚走到一年级五班的餐桌。

玛丽亚还在为吉尔特的表现生气，但一看到满桌的甜点，她的气便消了大半。蒂娜大口地咀嚼着一种极美味的热带水果蛋糕，饶有兴趣地看着同班的乔治表演将幻影罐子瞬间移动到吉尔特的头顶；玛丽亚毫不客气地吃着玫瑰蛋糕和奶香布丁，已经把对吉尔特的气愤抛之脑后；子岚斯文地吃着一种薄荷夹心饼干，眼神专注而又满足；洛蒲愉快地和夏米特走到一年级三班的桌子旁，一边喝着橘子汽水，一边和一个女生交谈起滑板竞速赛的事……

蒂娜很快把目光收回来，因为桌子上的甜点已经消失得无影无踪。斯贝里出现在大厅中央，脸上带着他一贯的微笑："同学们，据我所知，我们必须先进行'年级杯'和'个人杯'的颁奖仪式。"大厅里顿时安静下来，"一年级的成绩：第六名，一年级四班，一百二十三分；第五名，一年级六班，一百五十七分；第四名，一年级五班，二百三十九分；第三名，一年级二班，二百四十一分；第二名，一年级三班，三百一十六分；第一名，一年级一班，三百六十四分。"

一年级一班的餐桌上爆发出一阵雷鸣般的欢呼声和尖叫声，吉尔特和一些男生脸上带着胜利的傲气，带头用全力跺起了脚。蒂娜发现其他班级几乎所有同学的脸上都或多或少地带着一丝阴郁和厌恶。玛丽亚眼睛里喷出怒火。

"是啊，表现不错。"斯贝里不得不大声吼叫，以盖过一年级一班的欢呼声，随后高声宣布了其他年级的分数。当他说完九年级最后一个班的分数时，全场简直像疯了似的，所有获胜

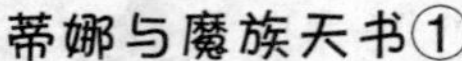

班级的每个人都高声欢呼，好多人甚至在餐桌上按照校歌的节奏跺起了脚。蒂娜死死地捂住耳朵，看着一年级一班，心里很不是滋味。

“安静！”斯贝里声如洪钟地说，“下面我来宣布一年级的‘个人杯’，这次的‘个人杯’与往常不同。我想把它颁发给一个团队。”全场顿时鸦雀无声，“一年级五班的蒂娜、玛丽亚、子岚，一年级三班的洛蒲、夏米特，请上台！”

“真不敢相信！”在寝室里，玛丽亚一边心不在焉地收拾着东西，一边情绪激动地望着“个人杯”奖励的一百灵币，“我们竟然会得到‘个人杯’！”

蒂娜一边赞同地点着头，一边在她的衣柜里“冲锋”：“啊，见鬼，我的《幻影术秘籍》找不到了。”她恼怒地嘟囔着，“我分明记得放在衣柜里了啊，里面还有魔族天书第三页呢——”

蒂娜第三次被一条露出来的裤子绊倒，跌倒在一堆衣服里。她刚刚站起身，却被一张《幻影术秘籍》的掉页绊倒。

怎么会有《幻影术秘籍》的掉页？

子岚突然在一旁尖叫起来：“等等——我的天哪！蒂娜，你过来看！”

蒂娜费力地甩下最后一件在自己肩膀上晃悠的长袖衫，急急忙忙地赶去查看。在窗户旁边，有明显发动灵气的印记！

蒂娜和伙伴们面面相觑。

她们不知道，新一轮的冒险即将开始——

［完］

图书在版编目（CIP）数据

蒂娜与魔族天书. 1 / 徐嘉著. —北京: 中国书籍出版社, 2013.5

ISBN 978-7-5068-3393-6

Ⅰ. ①蒂…　Ⅱ. ①徐…　Ⅲ. ①长篇小说－中国－当代　Ⅳ. ①I247.5

中国版本图书馆CIP数据核字（2013）第047979号

蒂娜与魔族天书①

徐嘉　著

责任编辑　游　翔　于海莲
责任印制　孙马飞　张智勇
封面设计　徐　琳
出版发行　中国书籍出版社
地　　址　北京市丰台区三路居路 97 号（邮编：100073）
电　　话　(010) 52257143（总编室）　(010) 52257153（发行部）
电子邮箱　chinabp@vip.sina.com
经　　销　全国新华书店
印　　刷　青岛瑞克印务有限公司
开　　本　889 mm × 1194 mm　1 / 32
字　　数　114 千字
印　　张　5.5
版　　次　2013 年 5 月第 1 版　2013 年 5 月第 1 次印刷
书　　号　ISBN　978-7-5068-3393-6
定　　价　16.00 元